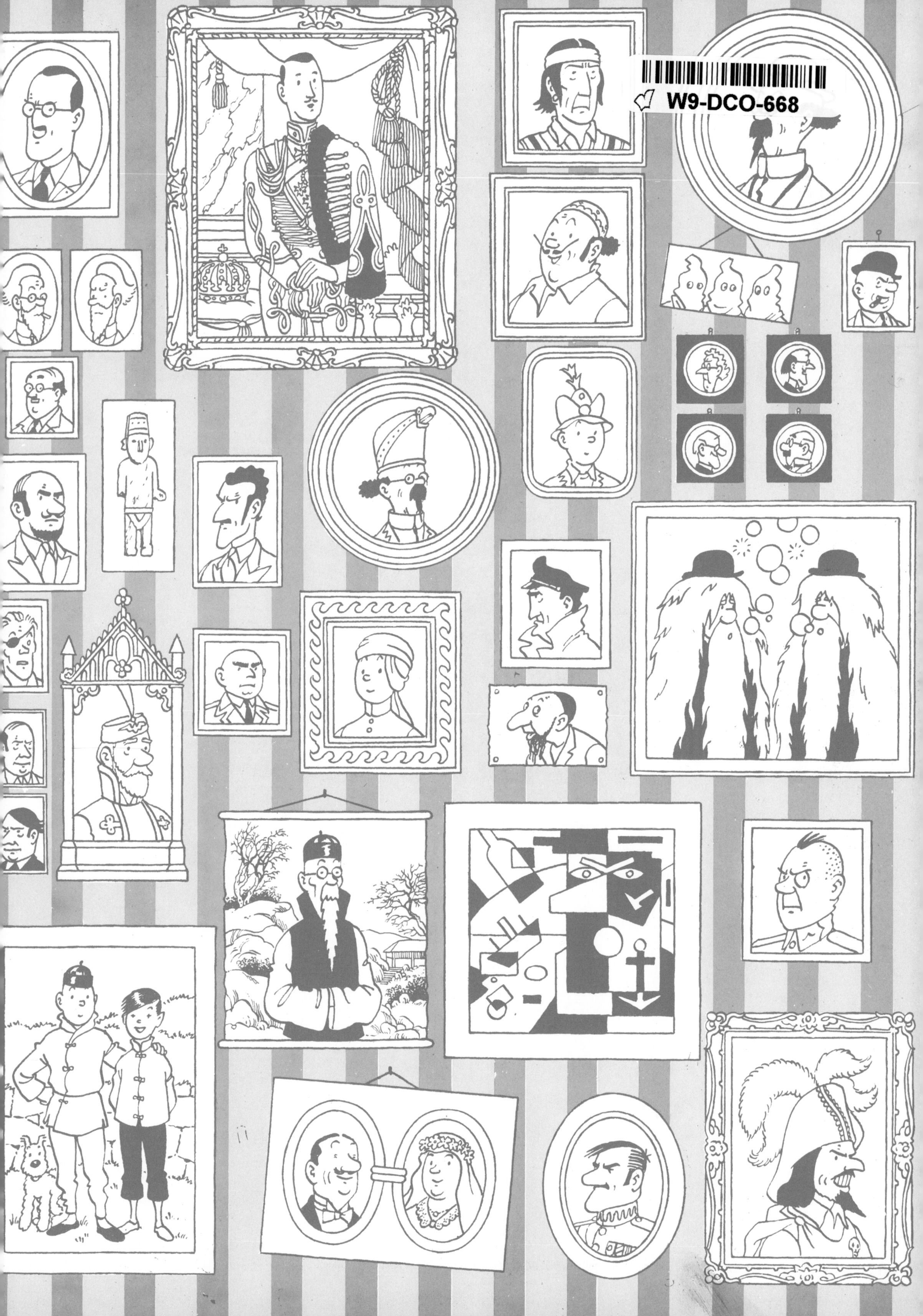

- ЭРЖЕ -

ПРИКЛЮЧЕНИЯ ТАНТАНА

ПОЛЕТ НА ЛУНУ

Перевели с французского
Клод Керодрен и Артем Энглин

КАСТЕРМАН

ISBN 2-203-00914-4

http://www.casterman.com

ПОЛЕТ НА ЛУНУ

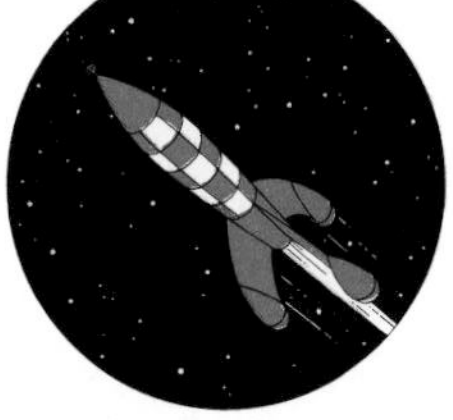

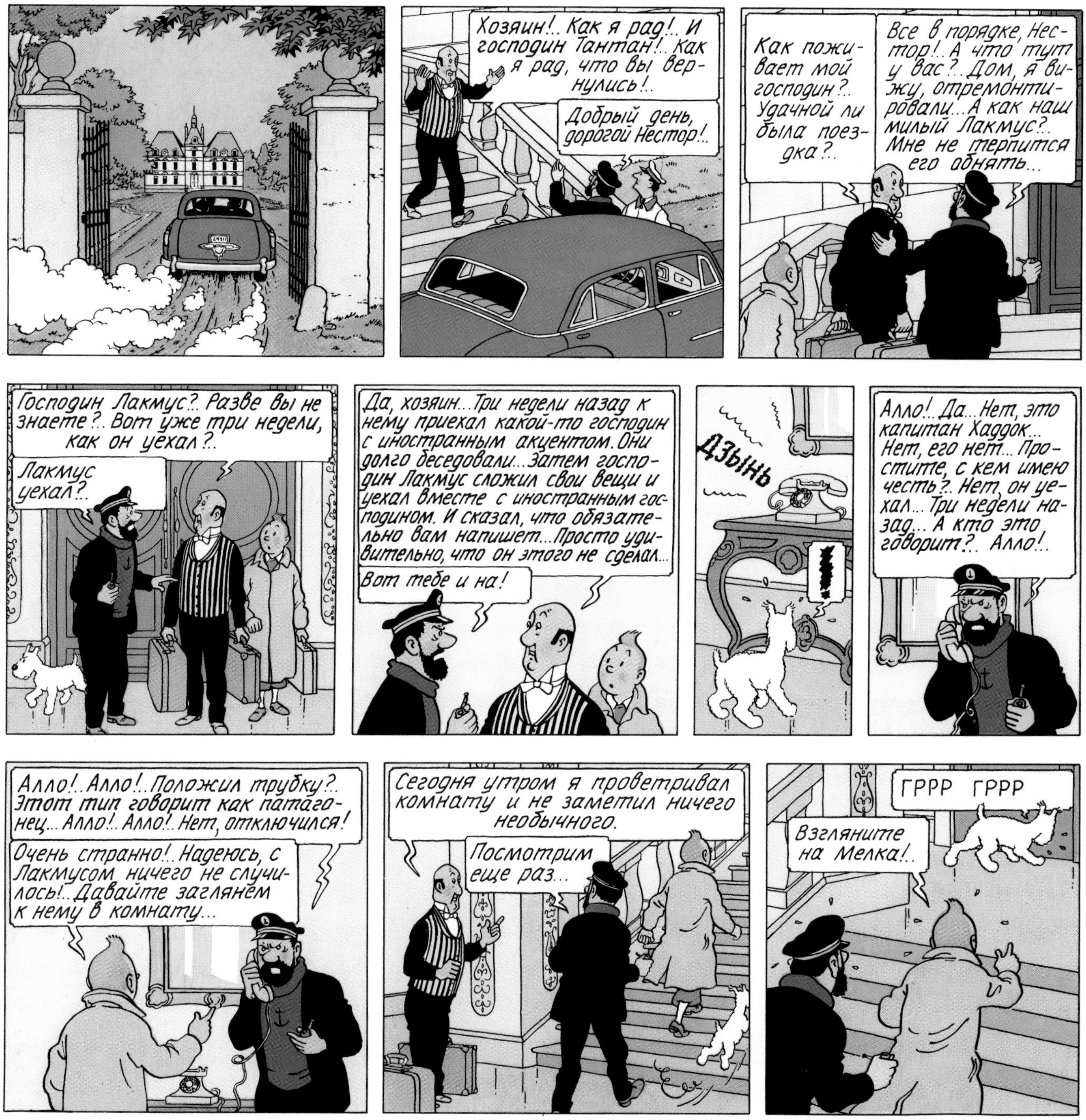
Хозяин!.. Как я рад!.. И господин Тантан!.. как я рад, что вы вернулись!..
Добрый день, дорогой Нестор!..
Как поживает мой господин?.. Удачной ли была поездка?..
Все в порядке, Нестор!.. А что тут у вас?.. Дом, я вижу, отремонтировали... А как наш милый Лакмус?.. Мне не терпится его обнять...
Господин Лакмус?.. Разве вы не знаете?.. Вот уже три недели, как он уехал?..
Лакмус уехал?..
Да, хозяин... Три недели назад к нему приехал какой-то господин с иностранным акцентом. Они долго беседовали... Затем господин Лакмус сложил свои вещи и уехал вместе с иностранным господином. И сказал, что обязательно вам напишет... Просто удивительно, что он этого не сделал...
Вот тебе и на!
ДЗЫНЬ
Алло!.. Да... Нет, это капитан Хаддок... Нет, его нет... Простите, с кем имею честь?.. Нет, он уехал... Три недели назад... А кто это говорит?.. Алло!..
Алло!.. Алло!.. Положил трубку?.. Этот тип говорит как патагонец... Алло!.. Алло!.. Нет, отключился!
Очень странно!.. Надеюсь, с Лакмусом ничего не случилось!.. Давайте заглянем к нему в комнату...
Сегодня утром я проветривал комнату и не заметил ничего необычного.
Посмотрим еще раз...
ГРРР ГРРР
Взгляните на Мелка!..

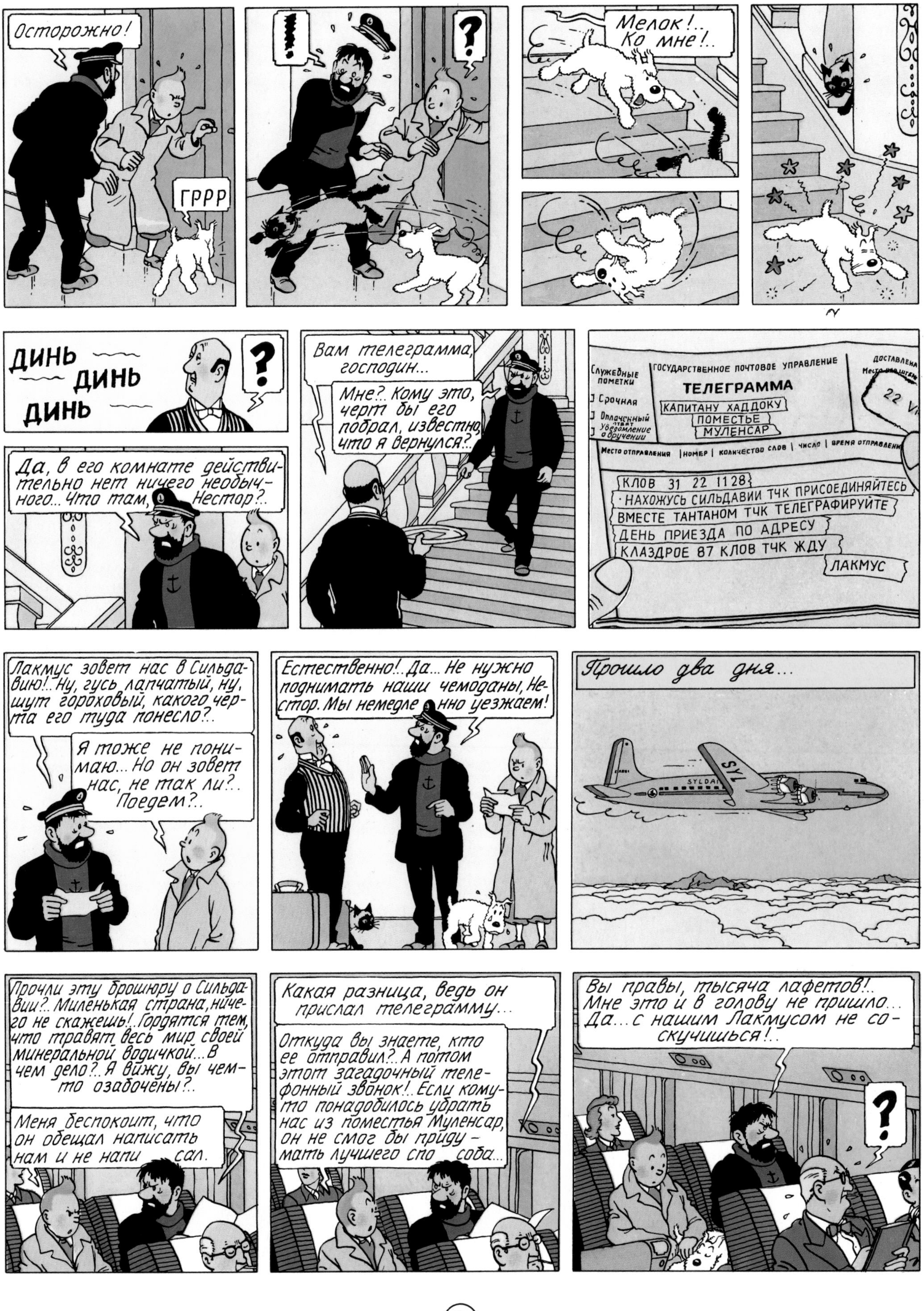

Осторожно!
ГРРР
!
?
Мелок!.. Ко мне!..
ДИНЬ ДИНЬ ДИНЬ
?
Да, в его комнате действительно нет ничего необычного... Что там, Нестор?..
Вам телеграмма, господин...
Мне?.. Кому это, черт бы его побрал, известно, что я вернулся?..
ГОСУДАРСТВЕННОЕ ПОЧТОВОЕ УПРАВЛЕНИЕ
ТЕЛЕГРАММА
КАПИТАНУ ХАДДОКУ ПОМЕСТЬЕ МУЛЕНСАР
КЛОВ 31 22 1128
НАХОЖУСЬ СИЛЬДАВИИ ТЧК ПРИСОЕДИНЯЙТЕСЬ
ВМЕСТЕ ТАНТАНОМ ТЧК ТЕЛЕГРАФИРУЙТЕ
ДЕНЬ ПРИЕЗДА ПО АДРЕСУ
КЛАЗДРОЕ 87 КЛОВ ТЧК ЖДУ
ЛАКМУС
Лакмус зовет нас в Сильдавию!.. Ну, гусь лапчатый, ну, шут гороховый, какого черта его туда понесло?..
Я тоже не понимаю... Но он зовет нас, не так ли?.. Поедем?..
Естественно!.. Да... Не нужно поднимать наши чемоданы, Нестор. Мы немедленно уезжаем!
Прошло два дня...
SYLDAIR
Прочли эту брошюру о Сильдавии?.. Миленькая страна, ничего не скажешь!.. Гордятся тем, что травят весь мир своей минеральной водичкой... В чем дело?.. Я вижу, вы чем-то озабочены?..
Меня беспокоит, что он обещал написать нам и не написал.
Какая разница, ведь он прислал телеграмму...
Откуда вы знаете, кто ее отправил?.. А потом этот загадочный телефонный звонок!.. Если кому-то понадобилось убрать нас из поместья Муленсар, он не смог бы придумать лучшего способа...
Вы правы, тысяча лафетов!.. Мне это и в голову не пришло... Да... с нашим Лакмусом не соскучишься!..
?

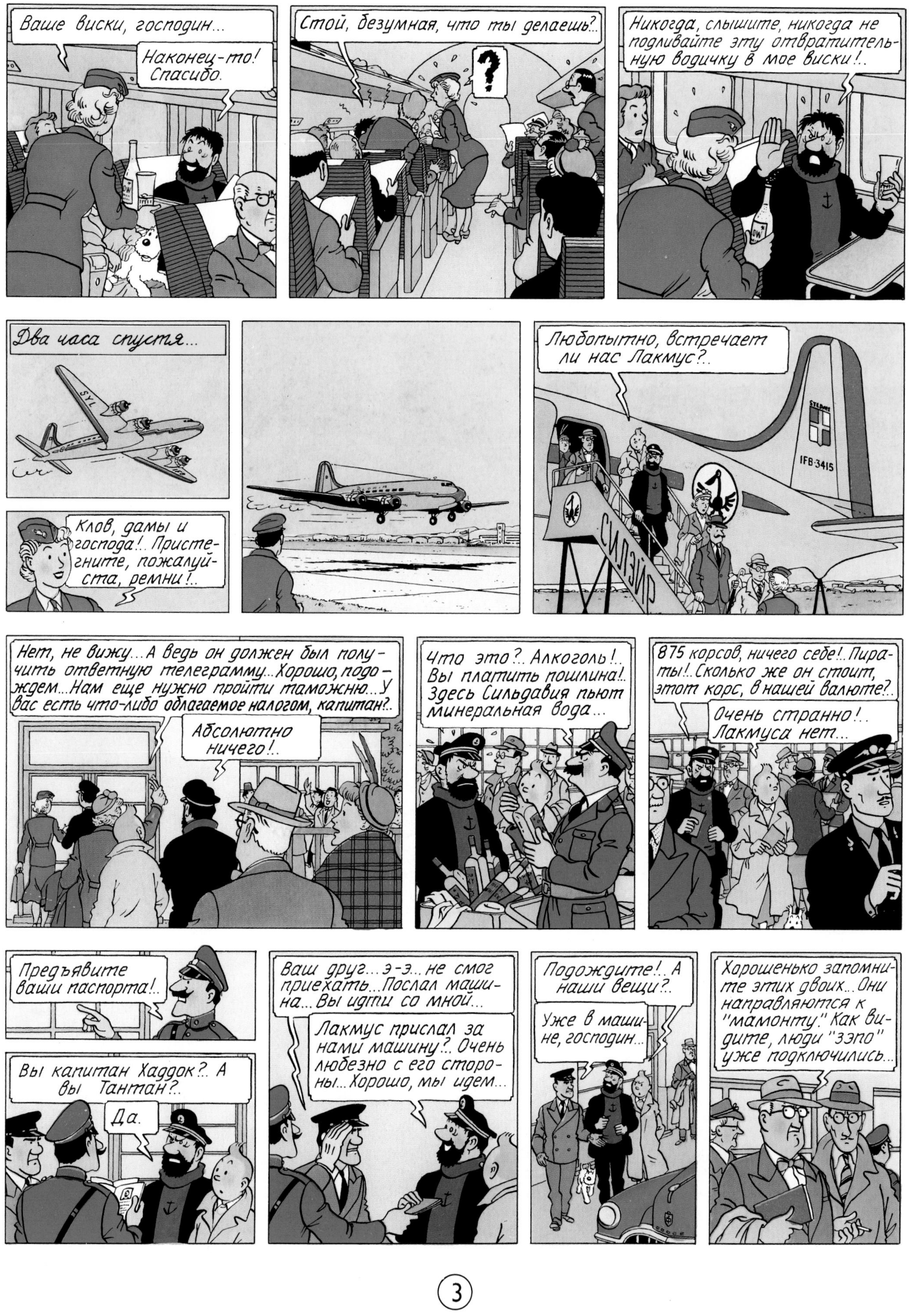
Ваше виски, господин...
Наконец-то! Спасибо.
Стой, безумная, что ты делаешь?..
?
Никогда, слышите, никогда не подливайте эту отвратительную водичку в мое виски!..
Два часа спустя...
Клов, дамы и господа!.. Пристегните, пожалуйста, ремни!..
Любопытно, встречает ли нас Лакмус?..
IFB-3415
СИЛДЭЙР
Нет, не вижу... А ведь он должен был получить ответную телеграмму... Хорошо, подождем... Нам еще нужно пройти таможню... У вас есть что-либо облагаемое налогом, капитан?..
Абсолютно ничего!..
Что это?.. Алкоголь!.. Вы платить пошлина!.. Здесь Сильдавия пьют минеральная вода...
875 корсов, ничего себе!.. Пираты!.. Сколько же он стоит, этот корс, в нашей валюте?..
Очень странно!.. Лакмуса нет...
Предъявите ваши паспорта!..
Вы капитан Хаддок?.. А вы Тантан?..
Да.
Ваш друг... э-э... не смог приехать... Послал машина... Вы идти со мной...
Лакмус прислал за нами машину?.. Очень любезно с его стороны... Хорошо, мы идем...
Подождите!.. А наши вещи?..
Уже в машине, господин...
Хорошенько запомните этих двоих... Они направляются к "мамонту." Как видите, люди "ЗЭПО" уже подключились...

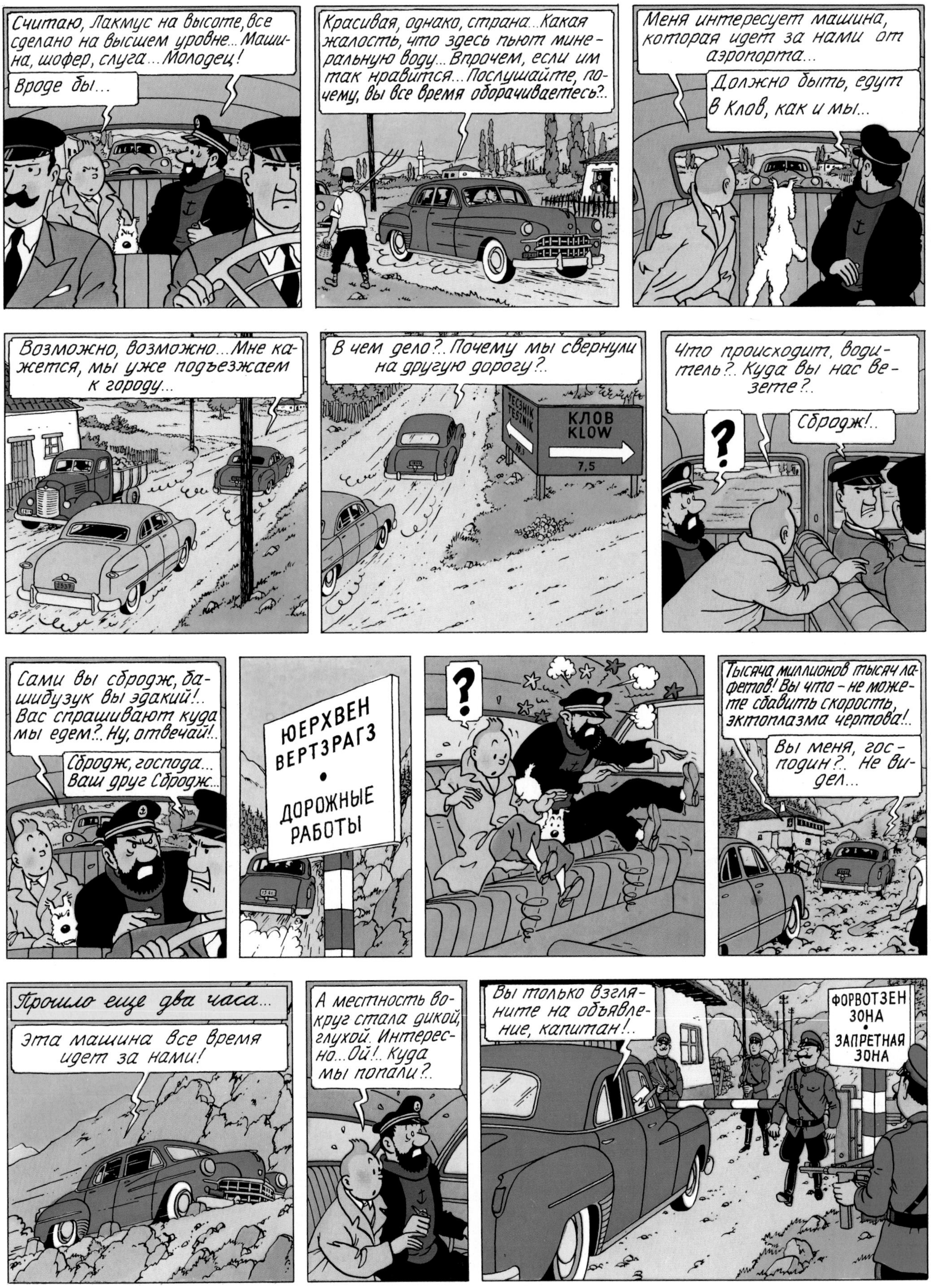

Считаю, Лакмус на высоте, все сделано на высшем уровне... Машина, шофер, слуга... Молодец!
Вроде бы...
Красивая, однако, страна... Какая жалость, что здесь пьют минеральную воду... Впрочем, если им так нравится... Послушайте, почему, вы все время оборачиваетесь?..
Меня интересует машина, которая идет за нами от аэропорта...
Должно быть, едут в Клов, как и мы...
Возможно, возможно... Мне кажется, мы уже подъезжаем к городу...
В чем дело?.. Почему мы свернули на другую дорогу?..
КЛОВ
KLOW
7,5
Что происходит, водитель?.. Куда вы нас везете?..
?
Сбродж!..
Сами вы сбродж, башибузук вы эдакий!.. Вас спрашивают куда мы едем?.. Ну, отвечай!..
Сбродж, господа... Ваш друг Сбродж...
ЮЕРХВЕН ВЕРТЗРАГЗ
•
ДОРОЖНЫЕ РАБОТЫ
?
Тысяча миллионов тысяч лафетов! Вы что - не можете сбавить скорость, эктоплазма чертова!..
Вы меня, господин?.. Не видел...
Прошло еще два часа...
Эта машина все время идет за нами!
А местность вокруг стала дикой, глухой. Интересно... Ой!.. Куда мы попали?..
Вы только взгляните на объявление, капитан!..
ФОРВОТЗЕН ЗОНА
ЗАПРЕТНАЯ ЗОНА

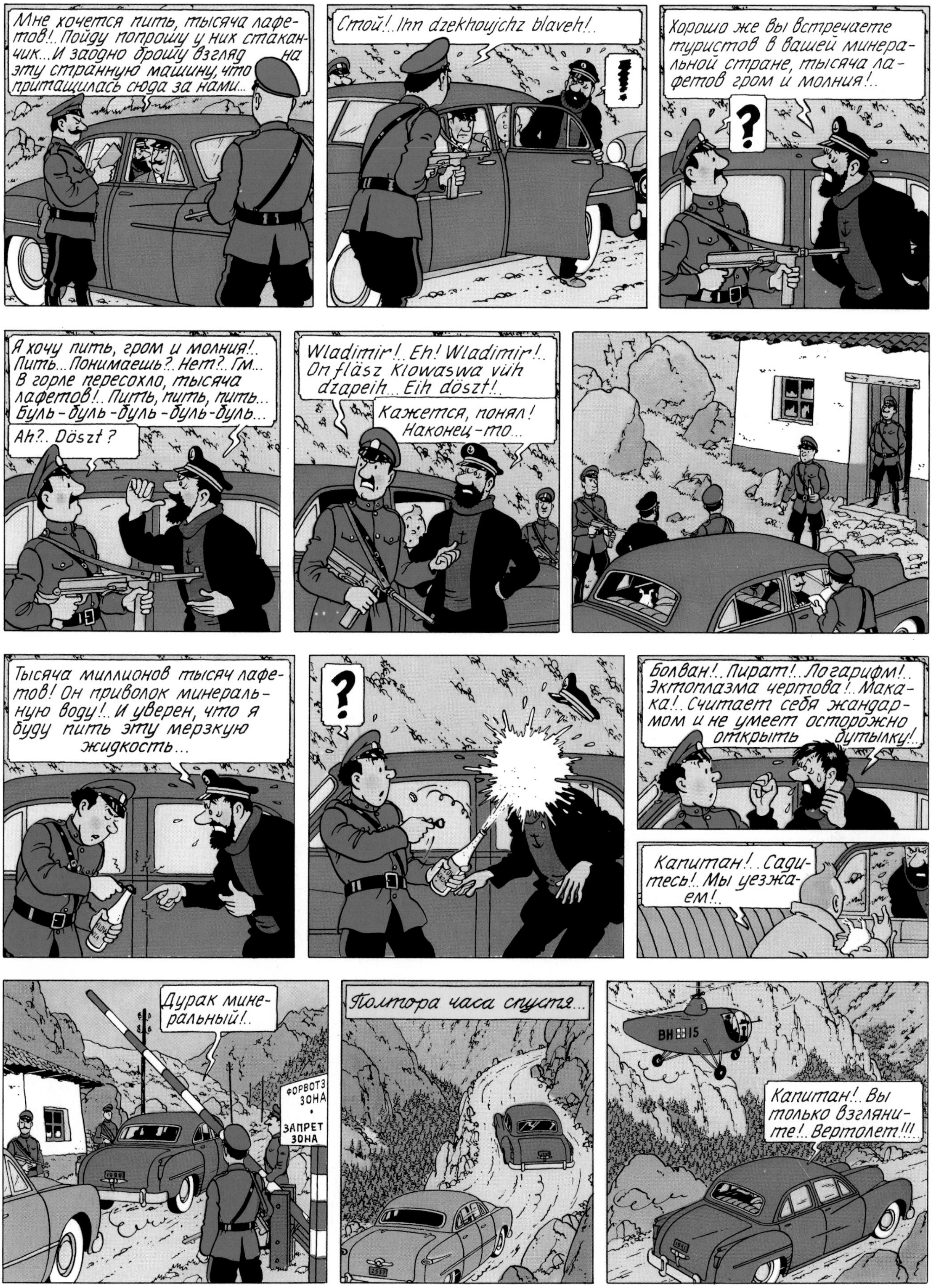
Мне хочется пить, тысяча лафетов!.. Пойду попрошу у них стаканчик... И заодно брошу взгляд на эту странную машину, что притащилась сюда за нами...
Стой!.. Ihn dzekhoujchz blaveh!..
Хорошо же вы встречаете туристов в вашей минеральной стране, тысяча лафетов гром и молния!..
?
Я хочу пить, гром и молния!.. Пить... Понимаешь?.. Нет?.. Гм... В горле пересохло, тысяча лафетов!.. Пить, пить, пить... Буль-буль-буль-буль-буль...
Ah?.. Döszt ?
Wladimir!.. Eh! Wladimir!.. On fläsz Klowaswa vüh dzapeih... Eih döszt!..
Кажется, понял! Наконец-то...
Тысяча миллионов тысяч лафетов! Он приволок минеральную воду!.. И уверен, что я буду пить эту мерзкую жидкость...
?
Болван!.. Пират!.. Логарифм!.. Эктоплазма чертова!.. Макака!.. Считает себя жандармом и не умеет осторожно открыть бутылку!..
Капитан!.. Садитесь!.. Мы уезжаем!..
Дурак минеральный!..
ФОРВОТЗ ЗОНА
ЗАПРЕТ ЗОНА
Полтора часа спустя...
Капитан!.. Вы только взгляните!.. Вертолет!!!

Ничего себе!. Перекрыл нам дорогу... Послушай-ка, Сбродж, что все это означает?

Проверка, господин...

Еще одна проверка?..

Güdd... Zrädjzmo... Zsälu endzoekhoszd.

Черт побери, первый раз в жизни такое вижу: летающий контрольный пункт!..

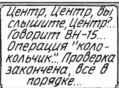

Центр, Центр, вы слышите, Центр?. Говорит ВН-15... Операция "колокольчик". Проверка закончена, все в порядке...

Что означают эти невероятные проверки? Где мы и куда нас везут...

Ничего не понимаю...

Взгляните, вилла!. Скажите, Сбродж, там живет наш друг Лакмус?..

Да, господин...

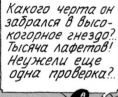

Какого черта он забрался в высокогорное гнездо? Тысяча лафетов! Неужели еще одна проверка?..

Гром и молния! Что происходит в этой стране? Можно подумать, у них военное положение!..

Тысяча молний! Этот придурок унес наши паспорта!. Что он собирается с ними делать?.

Центр, Центр, вы слышите, Центр?. Говорит КП-1...Операция "колокольчик". Все в порядке, открывайте ворота...

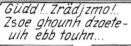

Güdd!. Zrädjzmo!. Zsoe ghounh dzoete-uih ebb touhn...

Вроде бы все в порядке...

Güdd!

Но...Тысяча лафетов, почему нас завозят в гараж? Что за странное гостеприимство!..

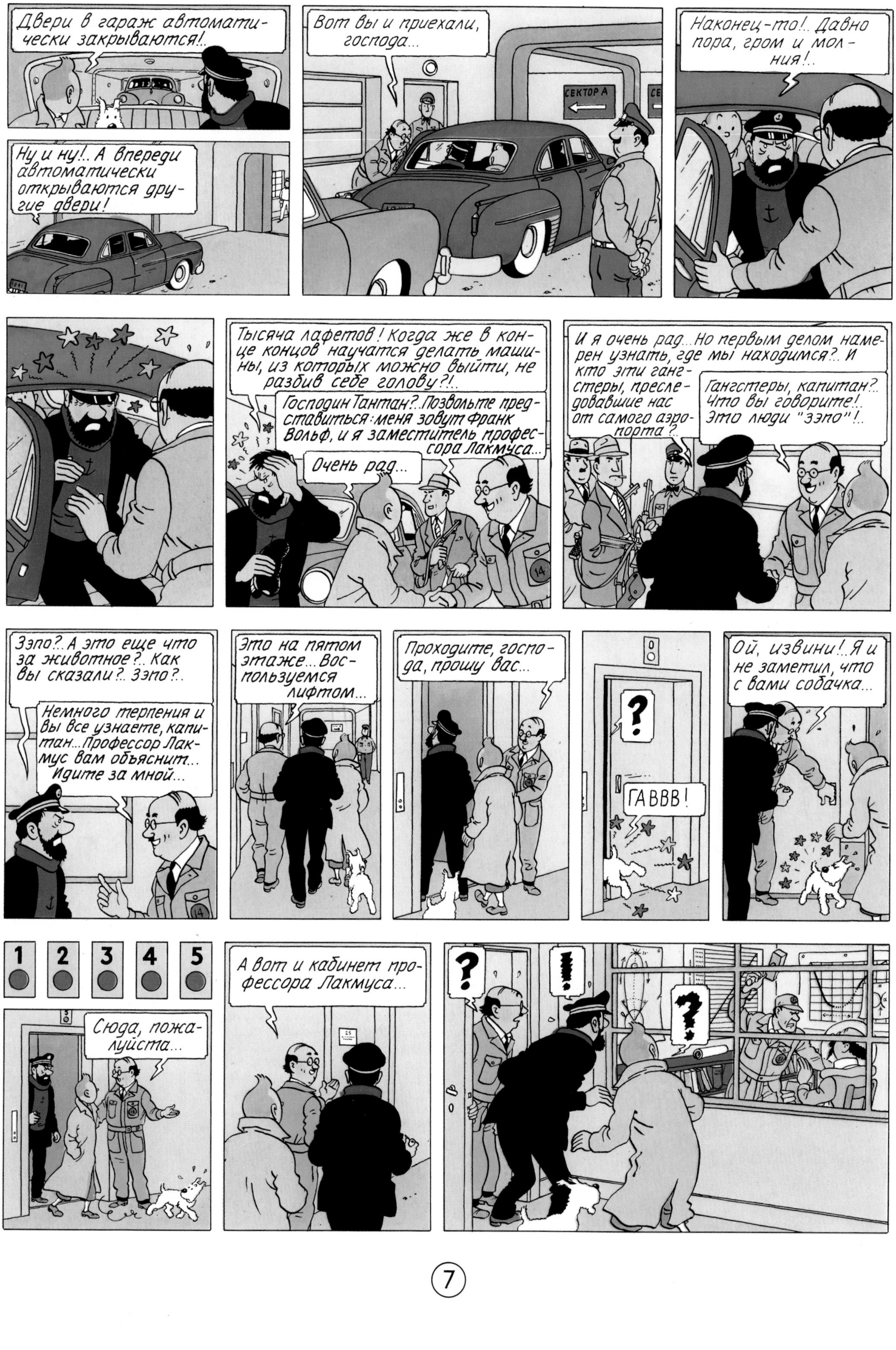
Двери в гараж автоматически закрываются!..
Ну и ну!.. А впереди автоматически открываются другие двери!
Вот вы и приехали, господа...
СЕКТОР А
Наконец-то!.. Давно пора, гром и молния!..
Тысяча лафетов! Когда же в конце концов научатся делать машины, из которых можно выйти, не разбив себе голову?!..
Господин Тантан?.. Позвольте представиться: меня зовут Франк Вольф, и я заместитель профессора Лакмуса...
Очень рад...
И я очень рад... Но первым делом намерен узнать, где мы находимся?.. И кто эти гангстеры, преследовавшие нас от самого аэропорта?..
Гангстеры, капитан?.. Что вы говорите!.. Это люди "зэпо"!..
Зэпо?.. А это еще что за животное?.. Как вы сказали?.. Зэпо?..
Немного терпения и вы все узнаете, капитан... Профессор Лакмус вам объяснит... Идите за мной...
Это на пятом этаже... Воспользуемся лифтом...
Проходите, господа, прошу вас...
?
ГАВВВ!
Ой, извини!.. Я и не заметил, что с вами собачка...
1 2 3 4 5
Сюда, пожалуйста...
А вот и кабинет профессора Лакмуса...
?
!
?

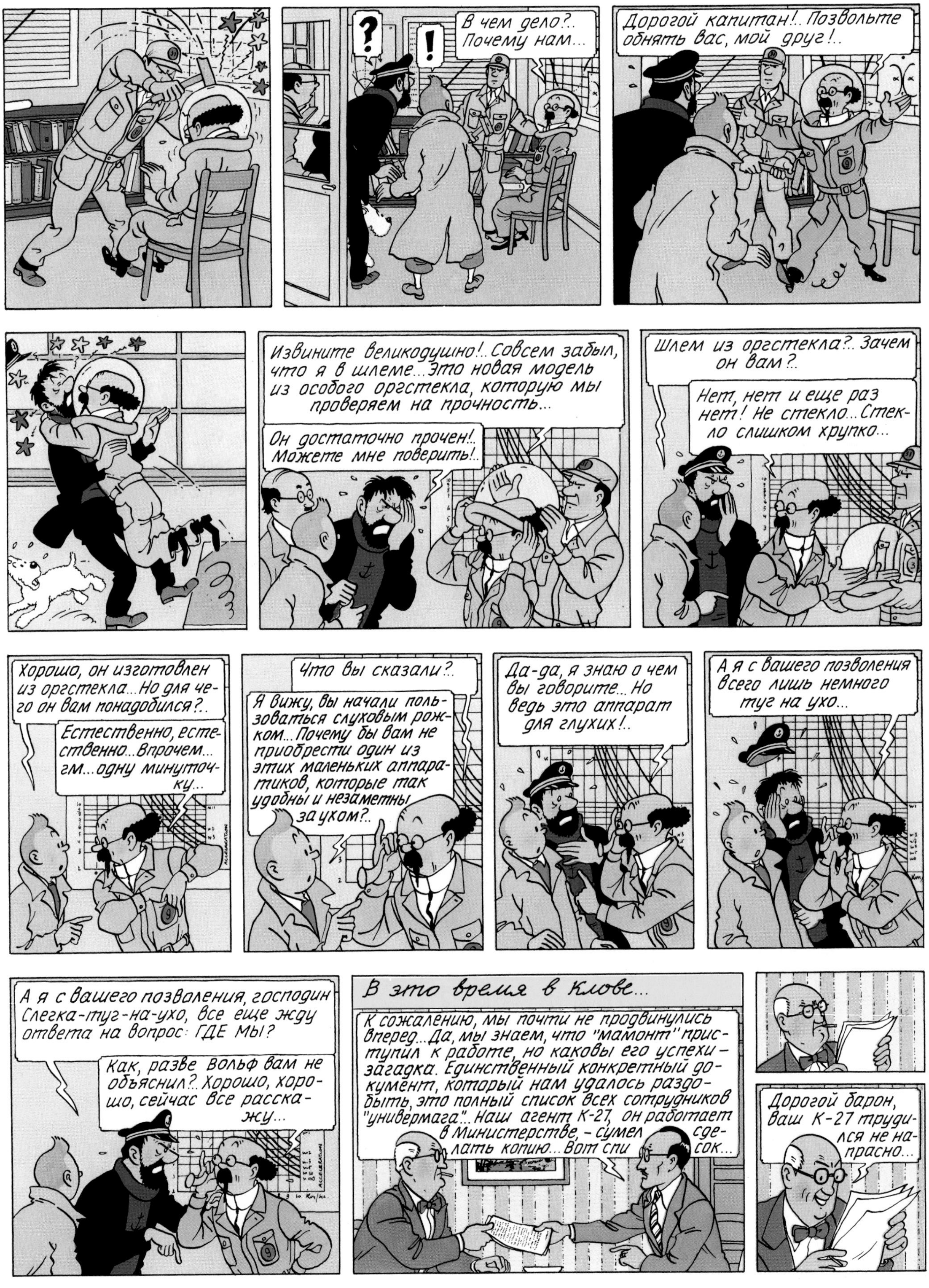
?
!
В чем дело?.. Почему нам...
Дорогой капитан!.. Позвольте обнять вас, мой друг!..
Извините великодушно!.. Совсем забыл, что я в шлеме... Это новая модель из особого оргстекла, которую мы проверяем на прочность...
Он достаточно прочен!.. Можете мне поверить!..
Шлем из оргстекла?.. Зачем он вам?..
Нет, нет и еще раз нет! Не стекло... Стекло слишком хрупко...
Хорошо, он изготовлен из оргстекла... Но для чего он вам понадобился?..
Естественно, естественно... Впрочем... гм... одну минуточку...
Что вы сказали?..
Я вижу, вы начали пользоваться слуховым рожком... Почему бы вам не приобрести один из этих маленьких аппаратиков, которые так удобны и незаметны за ухом?..
Да-да, я знаю о чем вы говорите... Но ведь это аппарат для глухих!..
А я с вашего позволения всего лишь немного туг на ухо...
А я с вашего позволения, господин Слегка-туг-на-ухо, все еще жду ответа на вопрос: ГДЕ МЫ?
Как, разве Вольф вам не объяснил?.. Хорошо, хорошо, сейчас все расскажу...
В это время в Клове...
К сожалению, мы почти не продвинулись вперед... Да, мы знаем, что "мамонт" приступил к работе, но каковы его успехи – загадка. Единственный конкретный документ, который нам удалось раздобыть, это полный список всех сотрудников "универмага". Наш агент К-27, он работает в Министерстве, – сумел сделать копию... Вот список...
Дорогой барон, ваш К-27 трудился не напрасно...

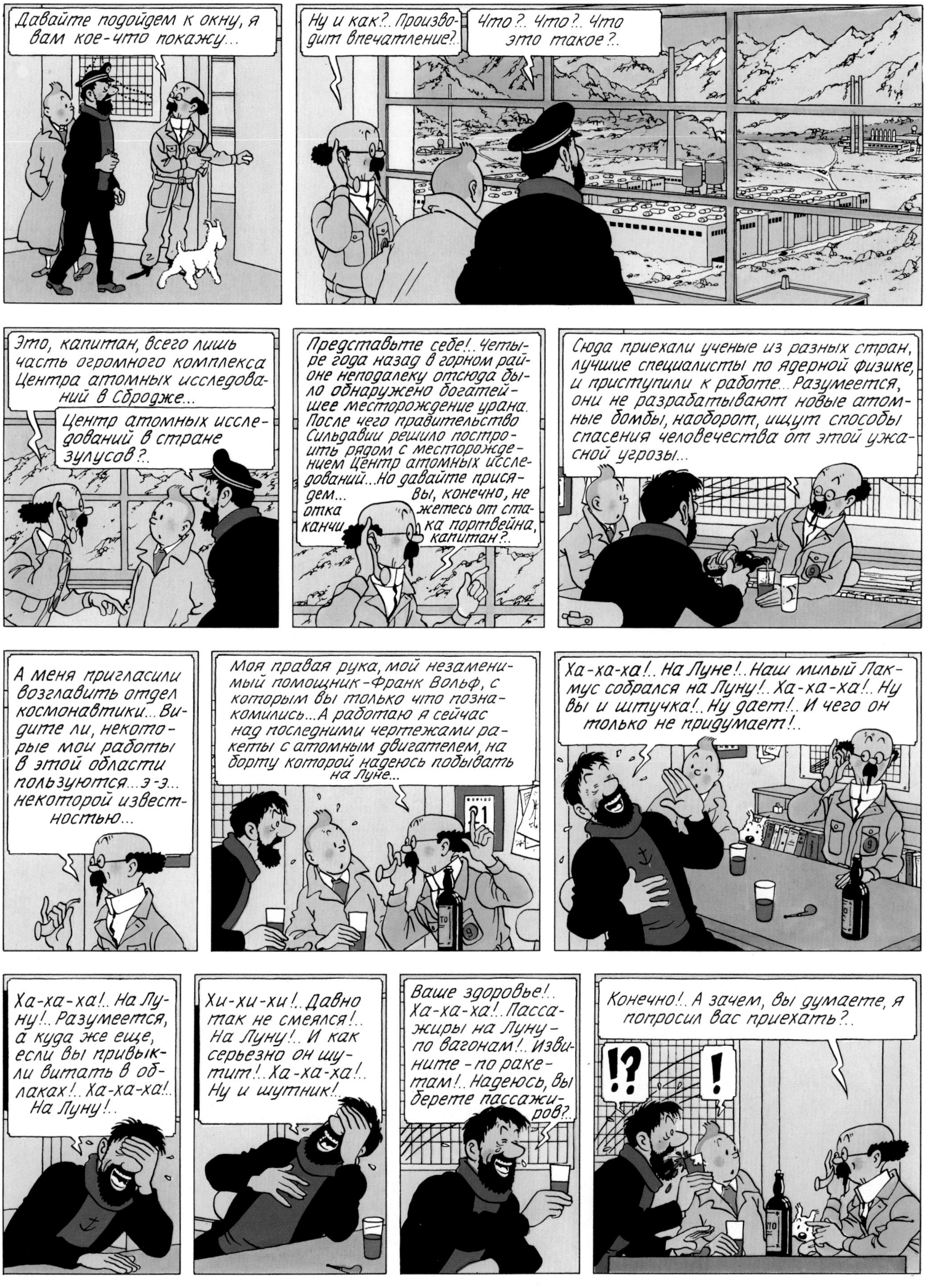
Давайте подойдем к окну, я вам кое-что покажу...
Ну и как?.. Производит впечатление?..
Что?.. Что?.. Что это такое?..
Это, капитан, всего лишь часть огромного комплекса Центра атомных исследований в Сбродже...
Центр атомных исследований в стране зулусов?..
Представьте себе!.. Четыре года назад в горном районе неподалеку отсюда было обнаружено богатейшее месторождение урана. После чего правительство Сильдавии решило построить рядом с месторождением Центр атомных исследований... Но давайте присядем...
...вы, конечно, не откажетесь от стаканчика портвейна, капитан?..
Сюда приехали ученые из разных стран, лучшие специалисты по ядерной физике, и приступили к работе... Разумеется, они не разрабатывают новые атомные бомбы, наоборот, ищут способы спасения человечества от этой ужасной угрозы...
А меня пригласили возглавить отдел космонавтики... Видите ли, некоторые мои работы в этой области пользуются... э-э... некоторой известностью...
Моя правая рука, мой незаменимый помощник - Франк Вольф, с которым вы только что познакомились... А работаю я сейчас над последними чертежами ракеты с атомным двигателем, на борту которой надеюсь побывать на Луне...
Ха-ха-ха!.. На Луне!.. Наш милый Лакмус собрался на Луну!.. Ха-ха-ха!.. Ну вы и штучка!.. Ну дает!.. И чего он только не придумает!..
Ха-ха-ха!.. На Луну!.. Разумеется, а куда же еще, если вы привыкли витать в облаках!.. Ха-ха-ха!.. На Луну!..
Хи-хи-хи!.. Давно так не смеялся!.. На Луну!.. И как серьезно он шутит!.. Ха-ха-ха!.. Ну и шутник!..
Ваше здоровье!.. Ха-ха-ха!.. Пассажиры на Луну - по вагонам!.. Извините - по ракетам!.. Надеюсь, вы берете пассажиров?..
Конечно!.. А зачем, вы думаете, я попросил вас приехать?..
!?
!

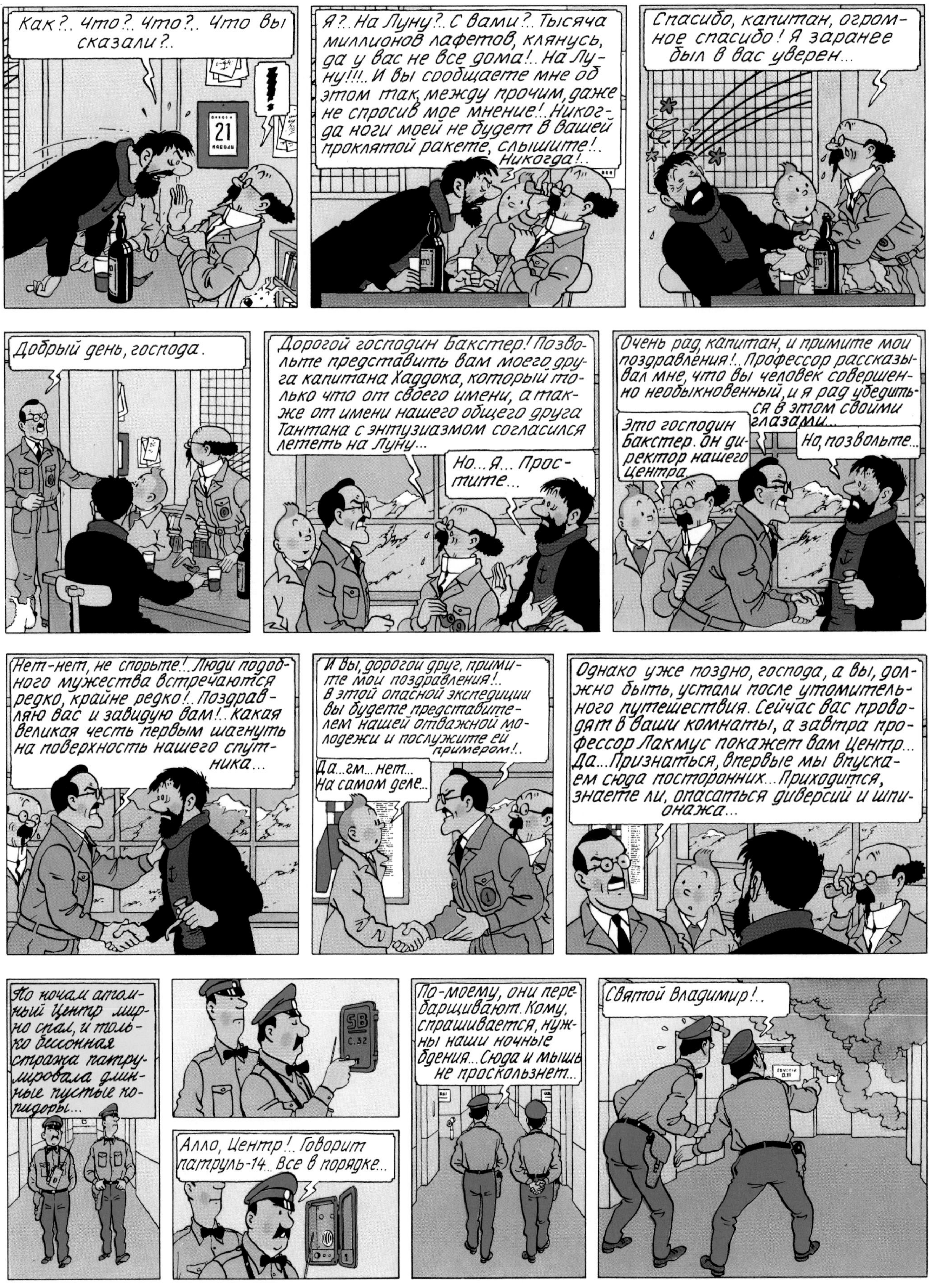
Как?.. Что?.. Что?.. Что вы сказали?..
Я?.. На Луну?.. С вами?.. Тысяча миллионов лафетов, клянусь, да у вас не все дома!.. На Луну!!!.. И вы сообщаете мне об этом так, между прочим, даже не спросив мое мнение!.. Никогда ноги моей не будет в вашей проклятой ракете, слышите!.. Никогда!..
Спасибо, капитан, огромное спасибо! Я заранее был в вас уверен...
Добрый день, господа.
Дорогой господин Бакстер! Позвольте представить вам моего друга капитана Хаддока, который только что от своего имени, а также от имени нашего общего друга Тантана с энтузиазмом согласился лететь на Луну...
Но... Я... Простите...
Очень рад, капитан, и примите мои поздравления!.. Профессор рассказывал мне, что вы человек совершенно необыкновенный, и я рад убедиться в этом своими глазами...
Это господин Бакстер. он директор нашего центра.
Но, позвольте...
Нет-нет, не спорьте!.. Люди подобного мужества встречаются редко, крайне редко!.. Поздравляю вас и завидую вам!.. Какая великая честь первым шагнуть на поверхность нашего спутника...
И вы, дорогой друг, примите мои поздравления!.. В этой опасной экспедиции вы будете представителем нашей отважной молодежи и послужите ей примером!..
Да...гм... нет... На самом деле...
Однако уже поздно, господа, а вы, должно быть, устали после утомительного путешествия. Сейчас вас проводят в ваши комнаты, а завтра профессор Лакмус покажет вам Центр... Да... Признаться, впервые мы впускаем сюда посторонних... Приходится, знаете ли, опасаться диверсий и шпионажа...
По ночам атомный Центр мирно спал, и только бессонная стража патрулировала длинные пустые коридоры...
SB
C.32
Алло, Центр!.. Говорит патруль-14... Все в порядке...
По-моему, они перебарщивают. Кому, спрашивается, нужны наши ночные бдения... Сюда и мышь не проскользнет...
Святой Владимир!..

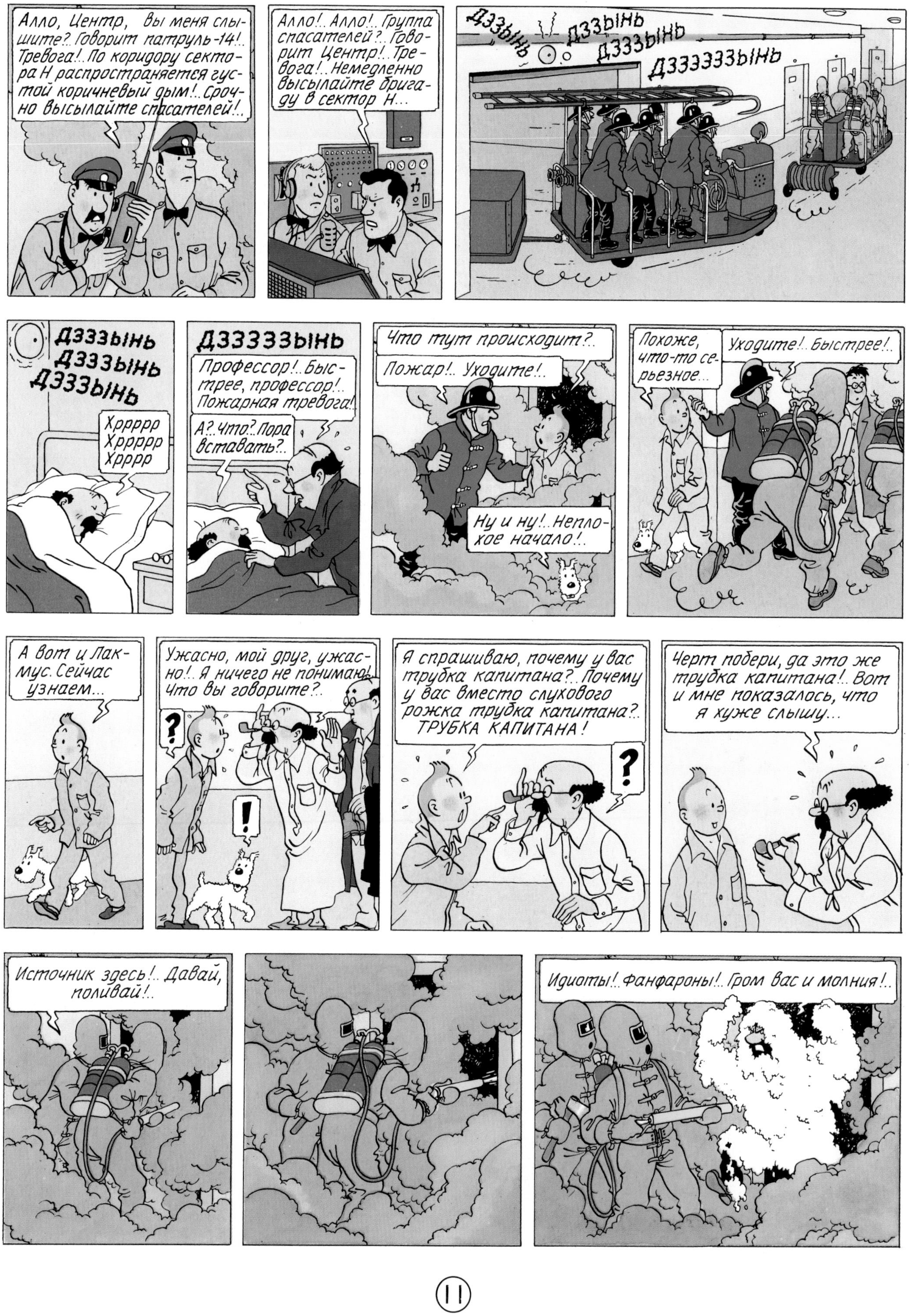
Алло, Центр, вы меня слышите?.. Говорит патруль-14!.. Тревога!.. По коридору сектора Н распространяется густой коричневый дым!.. Срочно высылайте спасателей!..
Алло!.. Алло!.. Группа спасателей?.. Говорит Центр!.. Тревога!.. Немедленно высылайте бригаду в сектор Н...
ДЗЗЫНЬ
ДЗЗЫНЬ
ДЗЗЗЫНЬ
ДЗЗЗЗЗЗЫНЬ
ДЗЗЗЫНЬ
ДЗЗЗЫНЬ
ДЗЗЗЫНЬ
Хрррр
Хррррр
Хрррр
ДЗЗЗЗЗЫНЬ
Профессор!.. Быстрее, профессор!.. Пожарная тревога!
А?.. Что?.. Пора вставать?..
Что тут происходит?..
Пожар!.. Уходите!..
Ну и ну!.. Неплохое начало!..
Похоже, что-то серьезное...
Уходите!.. Быстрее!..
А вот и Лакмус. Сейчас узнаем...
Ужасно, мой друг, ужасно!.. Я ничего не понимаю!.. Что вы говорите?..
?
!
Я спрашиваю, почему у вас трубка капитана?.. Почему у вас вместо слухового рожка трубка капитана?.. ТРУБКА КАПИТАНА!
?
Черт побери, да это же трубка капитана!.. Вот и мне показалось, что я хуже слышу...
Источник здесь!.. Давай, поливай!..
Идиоты!.. Фанфароны!.. Гром вас и молния!..

Какая глупость!.. Канальи!.. Шайка куклусклановцев! Вы окатили меня в ту минуту, когда я сумел его погасить!..

Что погасить?..

Проклятый слуховой рожок!.. Я набил его, не глядя, табаком, а когда хотел закурить, проклятый рожок начал тлеть, извергая клубы вонючего дыма!..

Теперь понятно: это была пластмасса!..

На следующее утро...

Профессор просил передать, что сегодня он очень занят. Поэтому ознакомительная экскурсия с вами поручена мне... Пожалуйста, оденьте эти комбинезоны. Они нужны, чтобы охранники "зэпо" не останавливали нас на каждом шагу...

Опять зэпо?.. Объясните, наконец, что это за птица?

Не птица, капитан! Так называется специальная полиция, которая охраняет Центр атомных исследований и защищает нас от шпионов и диверсантов...

И можете мне поверить, в "зэпо" не сидят без дела... Как мы ни скрывали, а все же пошли слухи, что в Центре конструируют лунную ракету. После чего нами немедленно заинтересовались разведслужбы разных стран... Естественно, они могут получить необходимую информацию только от людей, работающих в Центре. А полную информацию - только от кого-то из руководителей проекта. К счастью, в них мы уверены... А сейчас займемся вашими комбинезонами...

Тем временем...

Передайте это шифром, дорогой барон... "От АКР12 для НВЗР. Вступили в контакт с руководством "универмага."

Сейчас мы находимся в здании центральной атомной лаборатории, где уран превращают в плутоний... А плутоний - это топливо атомного двигателя, который унесет ракету профессора Лакмуса в космос...

Производство плутония происходит в две стадии. Вначале ядерное сырье, т.е. металлический уран, попадает в "горячую зону" атомного реактора, который вы через несколько минут увидите. А затем, на втором этапе, образовавшийся в реакторе плутоний извлекают с помощью соответствующих химических компонентов... Вы успеваете за мной?..

Еще бы! Как видите, я рядом!

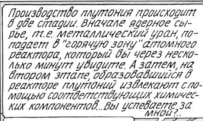

Вот мы и пришли... За этой дверью - реактор... Только сначала предъявим наши пропуска...

Так, все в порядке... Теперь оденем защитные комбинезоны, они предохраняют от радиации... Профессор Лакмус, со свойственной ему предусмотрительностью, подумал и о вашей собачке. Для нее изготовлен специальный комбинезон...

Все в порядке... Можно идти...

Чертовски любезно с его стороны, вот только мерку он снимал, должно быть, с сенбернара!

!

Видите?..

?

Это и есть наш атомный
реактор. Он собран из огром-
ных графитовых блоков с
трубчатыми отверстиями
внутри... Кадмиевые стер-
жни, верхушки которых Вы
видите над реактором, мо-
гут подниматься и опуска-
ться, регулируя скорость реакции... Вся эта конструк-
ция надежно укрыта толс-
тым слоем бетона, а мощ-
ные трубопроводы у вас над
головой предназначены для
охлаждающей воды...

Черт побери!.. Что-
то невероятное!..

Вы находите? А теперь сюда...
Из этой точки он производит
наиболее сильное впечатление...
Чистая фантастика!

Черт знает что!..
Это... Это... Да это
же   просто...

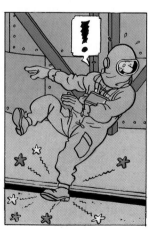

!

Сногсшибательно!.. Вы, должно быть, искали именно
это слово, капитан?..

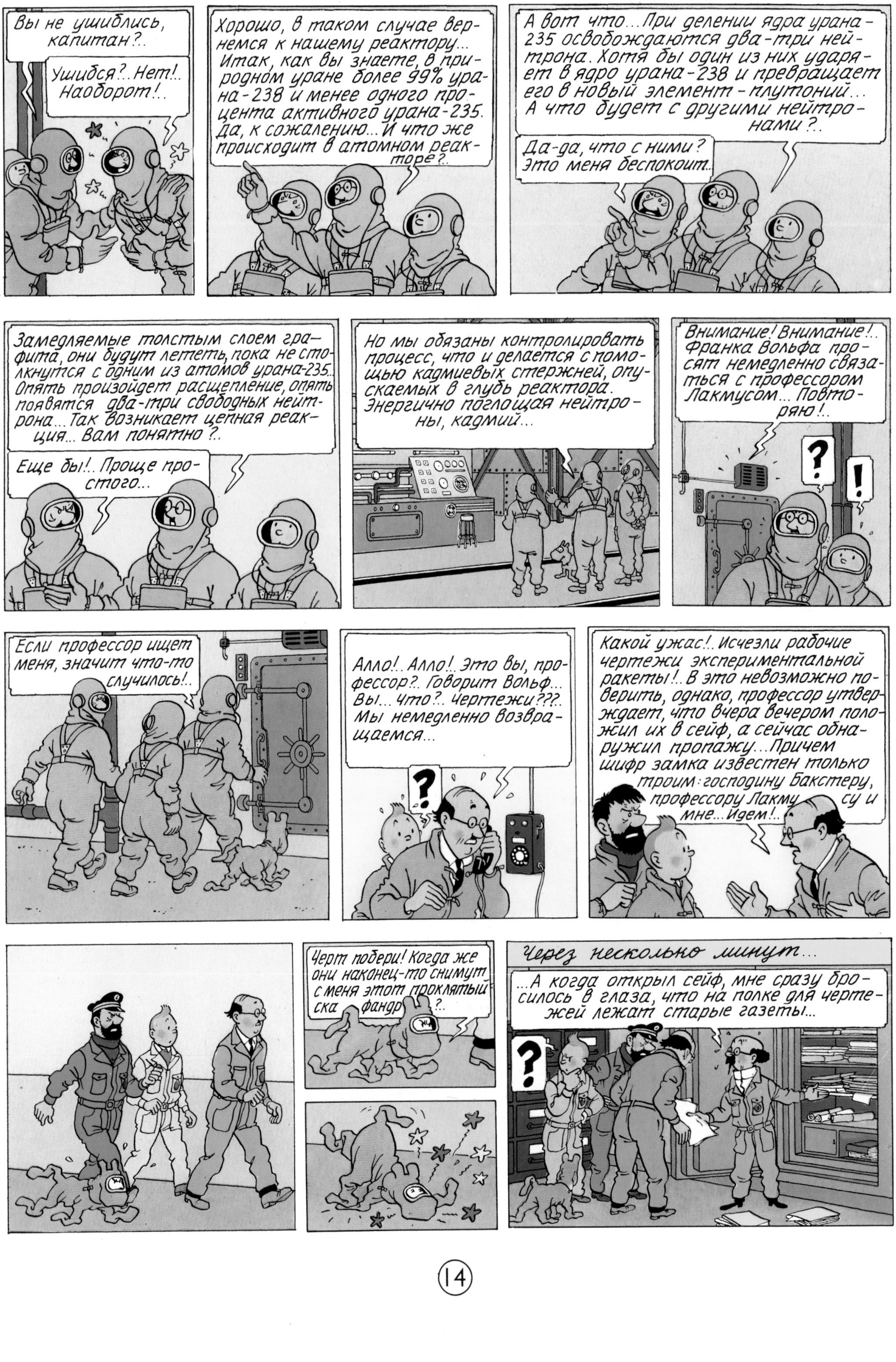

Вы не ушиблись, капитан?..
Ушибся?.. Нет!.. Наоборот!..
Хорошо, в таком случае вернемся к нашему реактору... Итак, как вы знаете, в природном уране более 99% урана-238 и менее одного процента активного урана-235. Да, к сожалению... И что же происходит в атомном реакторе?..
А вот что... При делении ядра урана-235 освобождаются два-три нейтрона. Хотя бы один из них ударяет в ядро урана-238 и превращает его в новый элемент - плутоний... А что будет с другими нейтронами?..
Да-да, что с ними? Это меня беспокоит...
Замедляемые толстым слоем графита, они будут лететь, пока не столкнутся с одним из атомов урана-235... Опять произойдет расщепление, опять появятся два-три свободных нейтрона... Так возникает цепная реакция... Вам понятно?..
Еще бы!.. Проще простого...
Но мы обязаны контролировать процесс, что и делается с помощью кадмиевых стержней, опускаемых в глубь реактора. Энергично поглощая нейтроны, кадмий...
Внимание! Внимание!.. Франка Вольфа просят немедленно связаться с профессором Лакмусом... Повторяю!..
Если профессор ищет меня, значит что-то случилось!..
Алло!.. Алло!.. Это вы, профессор?.. Говорит Вольф... Вы... что?.. Чертежи???.. Мы немедленно возвращаемся...
Какой ужас!.. Исчезли рабочие чертежи экспериментальной ракеты!.. В это невозможно поверить, однако, профессор утверждает, что вчера вечером положил их в сейф, а сейчас обнаружил пропажу... Причем шифр замка известен только троим: господину Бакстеру, профессору Лакмусу и мне... Идем!..
Черт побери! Когда же они наконец-то снимут с меня этот проклятый скафандр?..
Через несколько минут...
...А когда открыл сейф, мне сразу бросилось в глаза, что на полке для чертежей лежат старые газеты...

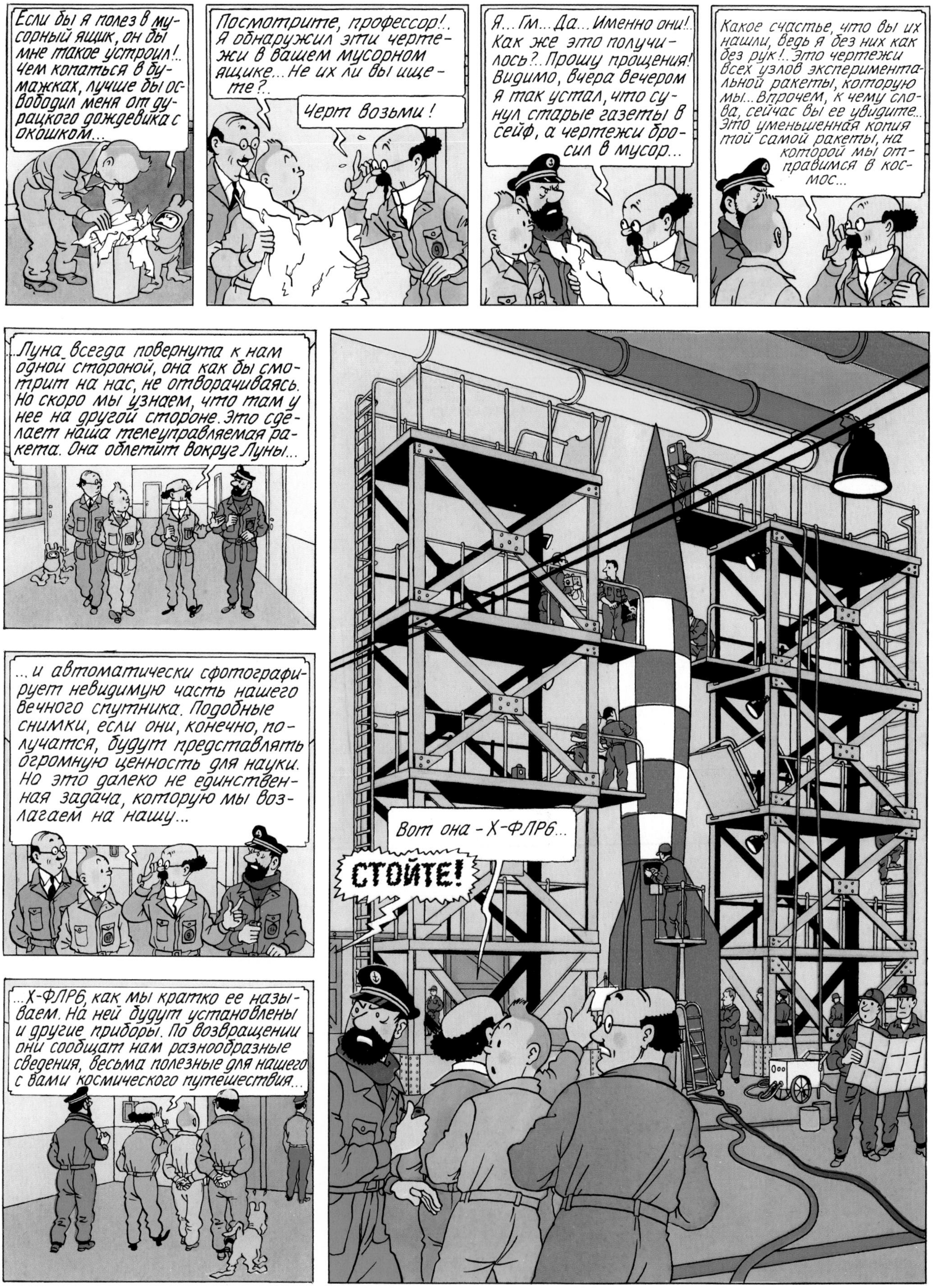
Если бы я полез в мусорный ящик, он бы мне такое устроил!.. Чем копаться в бумажках, лучше бы освободил меня от дурацкого дождевика с окошком...
Посмотрите, профессор!.. Я обнаружил эти чертежи в вашем мусорном ящике... Не их ли вы ищете?..
Черт возьми!
Я... Гм... Да... Именно они!.. Как же это получилось?.. Прошу прощения! Видимо, вчера вечером я так устал, что сунул старые газеты в сейф, а чертежи бросил в мусор...
Какое счастье, что вы их нашли, ведь я без них как без рук!.. Это чертежи всех узлов экспериментальной ракеты, которую мы... Впрочем, к чему слова, сейчас вы ее увидите... Это уменьшенная копия той самой ракеты, на которой мы отправимся в космос...
...Луна всегда повернута к нам одной стороной, она как бы смотрит на нас, не отворачиваясь. Но скоро мы узнаем, что там у нее на другой стороне. Это сделает наша телеуправляемая ракета. Она облетит вокруг Луны...
...и автоматически сфотографирует невидимую часть нашего вечного спутника. Подобные снимки, если они, конечно, получатся, будут представлять огромную ценность для науки. Но это далеко не единственная задача, которую мы возлагаем на нашу...
...Х-ФЛР6, как мы кратко ее называем. На ней будут установлены и другие приборы. По возвращении они сообщат нам разнообразные сведения, весьма полезные для нашего с вами космического путешествия...
Вот она - Х-ФЛР6...
СТОЙТЕ!

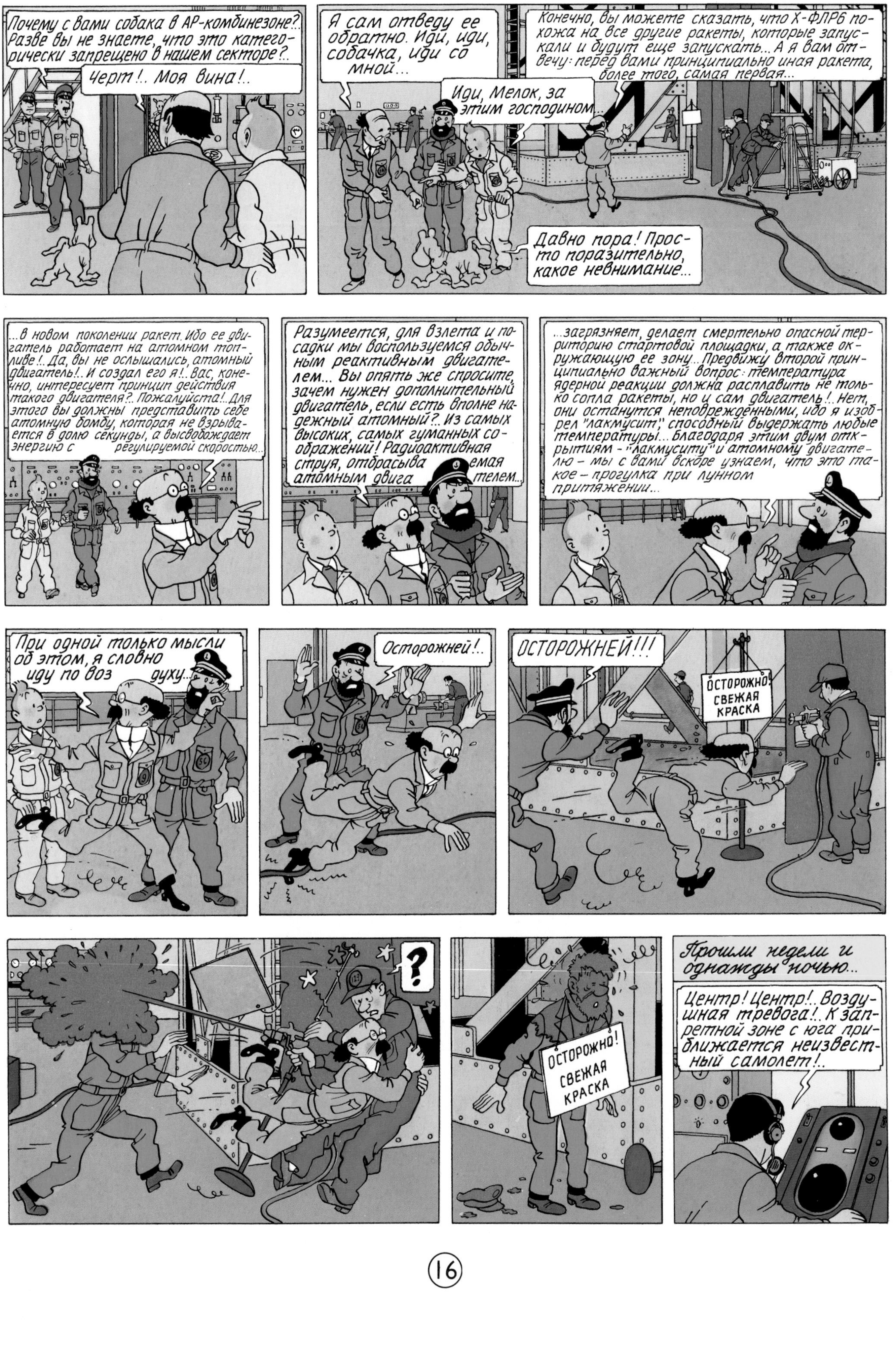
Почему с вами собака в АР-комбинезоне?.. Разве вы не знаете, что это категорически запрещено в нашем секторе?..
Черт!.. Моя вина!..
Я сам отведу ее обратно. Иди, иди, собачка, иди со мной...
Иди, Мелок, за этим господином...
Давно пора! Просто поразительно, какое невнимание...
Конечно, вы можете сказать, что Х-ФЛР6 похожа на все другие ракеты, которые запускали и будут еще запускать... А я вам отвечу: перед вами принципиально иная ракета, более того, самая первая...
...в новом поколении ракет. Ибо ее двигатель работает на атомном топливе!.. Да, вы не ослышались, атомный двигатель!.. И создал его я!.. Вас, конечно, интересует принцип действия такого двигателя?.. Пожалуйста!.. Для этого вы должны представить себе атомную бомбу, которая не взрывается в долю секунды, а высвобождает энергию с регулируемой скоростью...
Разумеется, для взлета и посадки мы воспользуемся обычным реактивным двигателем... Вы опять же спросите, зачем нужен дополнительный двигатель, если есть вполне надежный атомный?.. Из самых высоких, самых гуманных соображений! Радиоактивная струя, отбрасыва емая атомным двига телем...
...загрязняет, делает смертельно опасной территорию стартовой площадки, а также окружающую ее зону... Предвижу второй принципиально важный вопрос: температура ядерной реакции должна расплавить не только сопла ракеты, но и сам двигатель!.. Нет, они останутся неповрежденными, ибо я изобрел "лакмусит", способный выдержать любые температуры... Благодаря этим двум открытиям - "лакмуситу" и атомному двигателю - мы с вами вскоре узнаем, что это такое - прогулка при лунном притяжении...
При одной только мысли об этом, я словно иду по воз духу...
Осторожней!..
ОСТОРОЖНЕЙ!!!
ОСТОРОЖНО! СВЕЖАЯ КРАСКА
?
ОСТОРОЖНО! СВЕЖАЯ КРАСКА
Прошли недели и однажды ночью...
Центр! Центр!.. Воздушная тревога!.. К запретной зоне с юга приближается неизвестный самолет!..

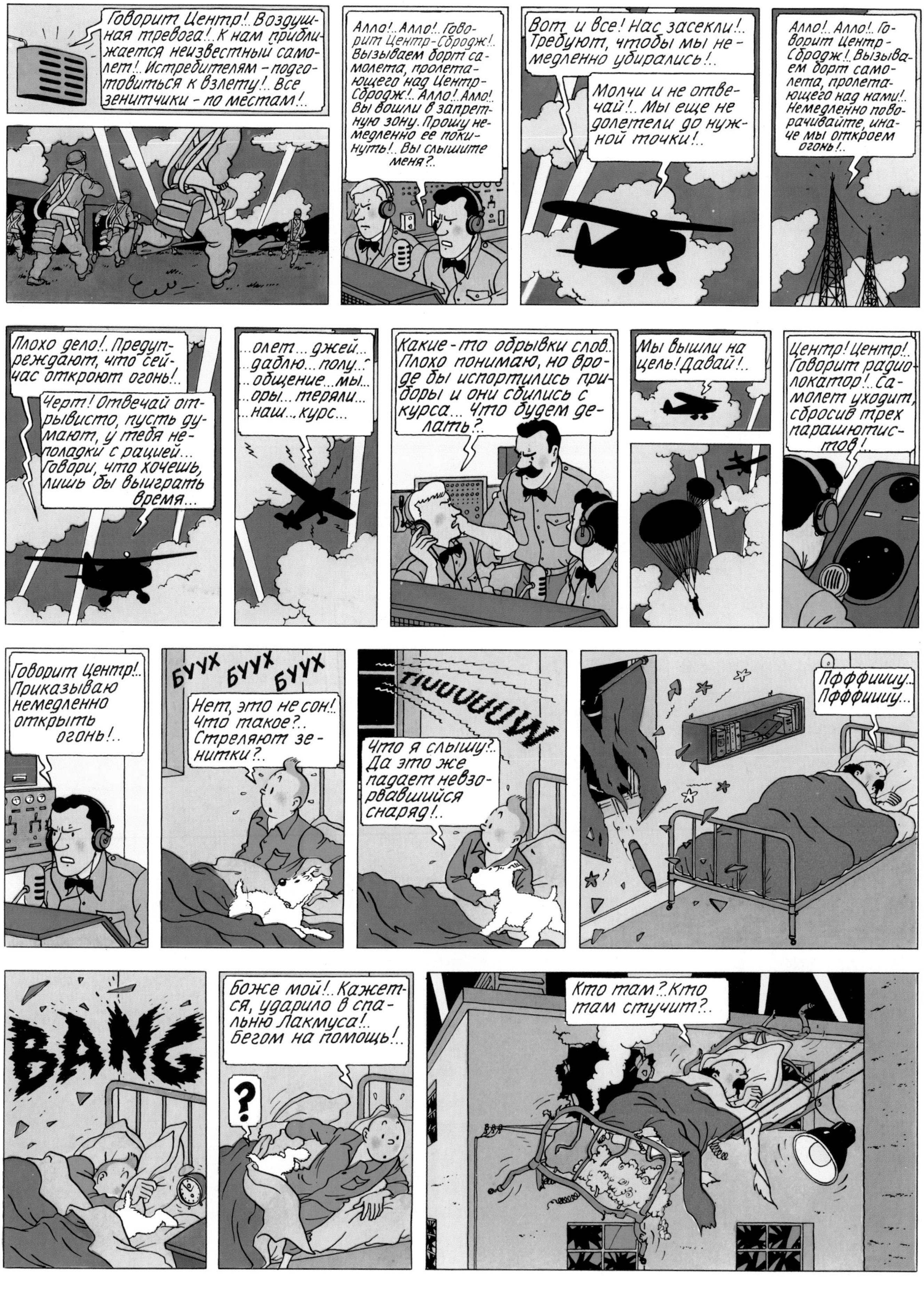
Говорит Центр!.. Воздушная тревога!.. К нам приближается неизвестный самолет!.. Истребителям - подготовиться к взлету!.. Все зенитчики - по местам!..
Алло!.. Алло!.. Говорит Центр-Сбродж!.. Вызываем борт самолета, пролетающего над Центр-Сбродж!.. Алло!.. Алло!.. Вы вошли в запретную зону. Прошу немедленно ее покинуть!.. Вы слышите меня?..
Вот и все! Нас засекли!.. Требуют, чтобы мы немедленно убирались!..
Молчи и не отвечай!.. Мы еще не долетели до нужной точки!..
Алло!.. Алло!.. Говорит Центр-Сбродж!.. Вызываем борт самолета, пролетающего над нами!.. Немедленно поворачивайте, иначе мы откроем огонь!..
Плохо дело!.. Предупреждают, что сейчас откроют огонь!..
Черт! Отвечай отрывисто, пусть думают, у тебя неполадки с рацией... Говори, что хочешь, лишь бы выиграть время...
...олет... джей... даблю... полу... ...общение... мы... ...оры... теряли... ...наш... курс...
Какие-то обрывки слов... Плохо понимаю, но вроде бы испортились приборы и они сбились с курса... Что будем делать?..
Мы вышли на цель! Давай!..
Центр! Центр!.. Говорит радиолокатор!.. Самолет уходит, сбросив трех парашютистов!..
Говорит Центр!.. Приказываю немедленно открыть огонь!..
БУУХ БУУХ БУУХ
Нет, это не сон!.. Что такое?.. Стреляют зенитки?..
ТIUUUUUUUUM
Что я слышу?.. Да это же падает невзорвавшийся снаряд!..
Пффффиииу... Пффффиииу...
BANG
Боже мой!.. Кажется, ударило в спальню Лакмуса!.. Бегом на помощь!..
?
Кто там? Кто там стучит?..

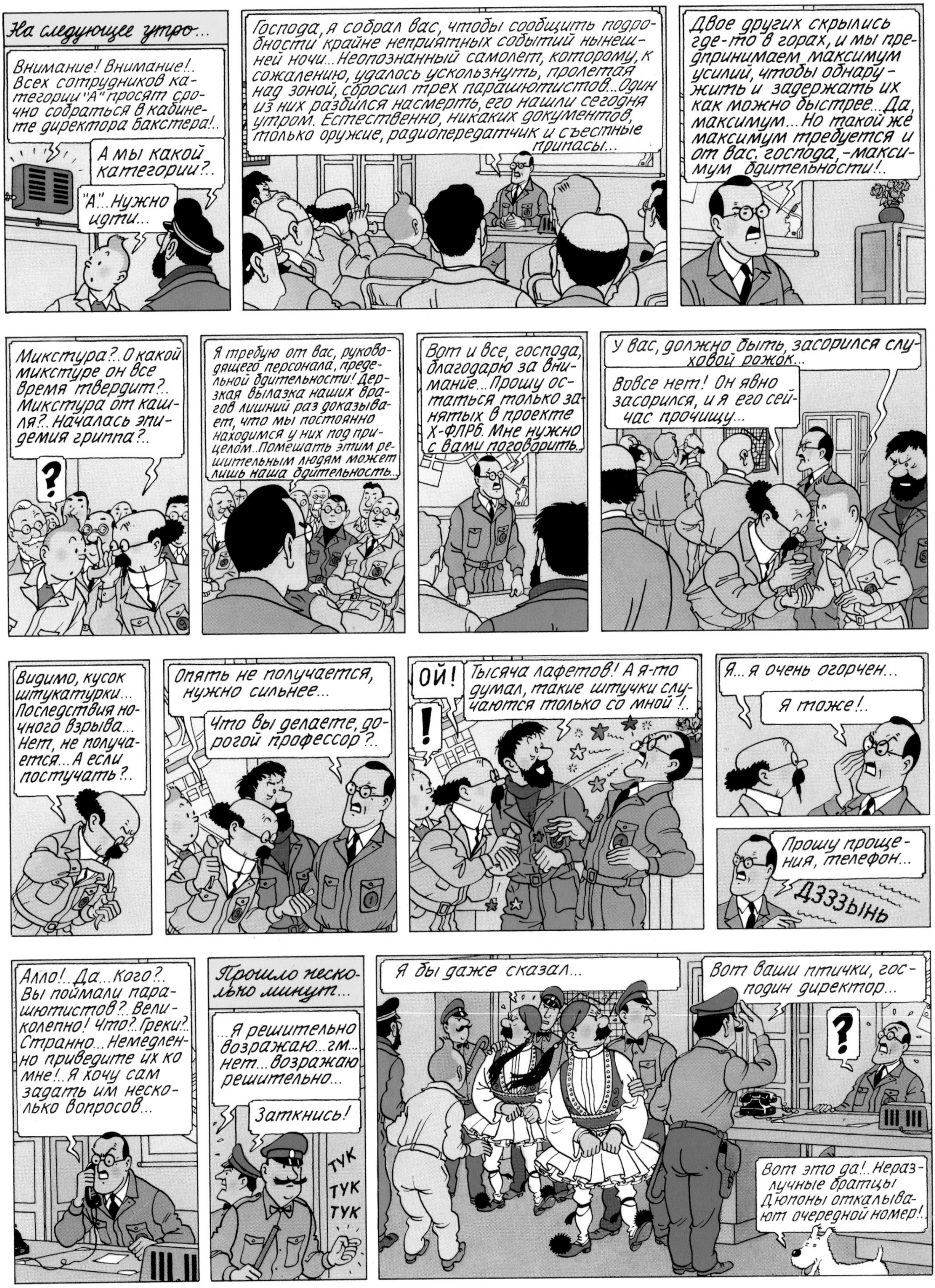
На следующее утро...
Внимание! Внимание!.. Всех сотрудников категории "А" просят срочно собраться в кабинете директора Бакстера!..
А мы какой категории?..
"А"... Нужно идти...
Господа, я собрал вас, чтобы сообщить подробности крайне неприятных событий нынешней ночи... Неопознанный самолет, которому, к сожалению, удалось ускользнуть, пролетая над зоной, сбросил трех парашютистов... Один из них разбился насмерть, его нашли сегодня утром. Естественно, никаких документов, только оружие, радиопередатчик и съестные припасы...
Двое других скрылись где-то в горах, и мы предпринимаем максимум усилий, чтобы обнаружить и задержать их как можно быстрее... Да, максимум... Но такой же максимум требуется и от вас, господа, -максимум бдительности!..
Микстура?.. О какой микстуре он все время твердит?.. Микстура от кашля?.. Началась эпидемия гриппа?..
?
Я требую от вас, руководящего персонала, предельной бдительности! Дерзкая вылазка наших врагов лишний раз доказывает, что мы постоянно находимся у них под прицелом.. Помешать этим решительным людям может лишь наша бдительность...
Вот и все, господа, благодарю за внимание... Прошу остаться только занятых в проекте Х-ФЛРБ. Мне нужно с вами поговорить...
У вас, должно быть, засорился слуховой рожок...
Вовсе нет! Он явно засорился, и я его сейчас прочищу...
Видимо, кусок штукатурки... Последствия ночного взрыва... Нет, не получается... А если постучать?..
Опять не получается, нужно сильнее...
Что вы делаете, дорогой профессор?..
ОЙ!
!
Тысяча лафетов! А я-то думал, такие штучки случаются только со мной!..
Я... я очень огорчен...
Я тоже!..
Прошу прощения, телефон...
ДЗЗЗЫНЬ
Алло!.. Да... Кого?.. Вы поймали парашютистов?.. Великолепно! Что?.. Греки?.. Странно... Немедленно приведите их ко мне!.. Я хочу сам задать им несколько вопросов...
Прошло несколько минут...
...Я решительно возражаю... гм... нет... Возражаю решительно...
Заткнись!
ТУК
ТУК
ТУК
Я бы даже сказал...
Вот ваши птички, господин директор...
?
Вот это да!.. Неразлучные братцы Дюпоны откалывают очередной номер!..

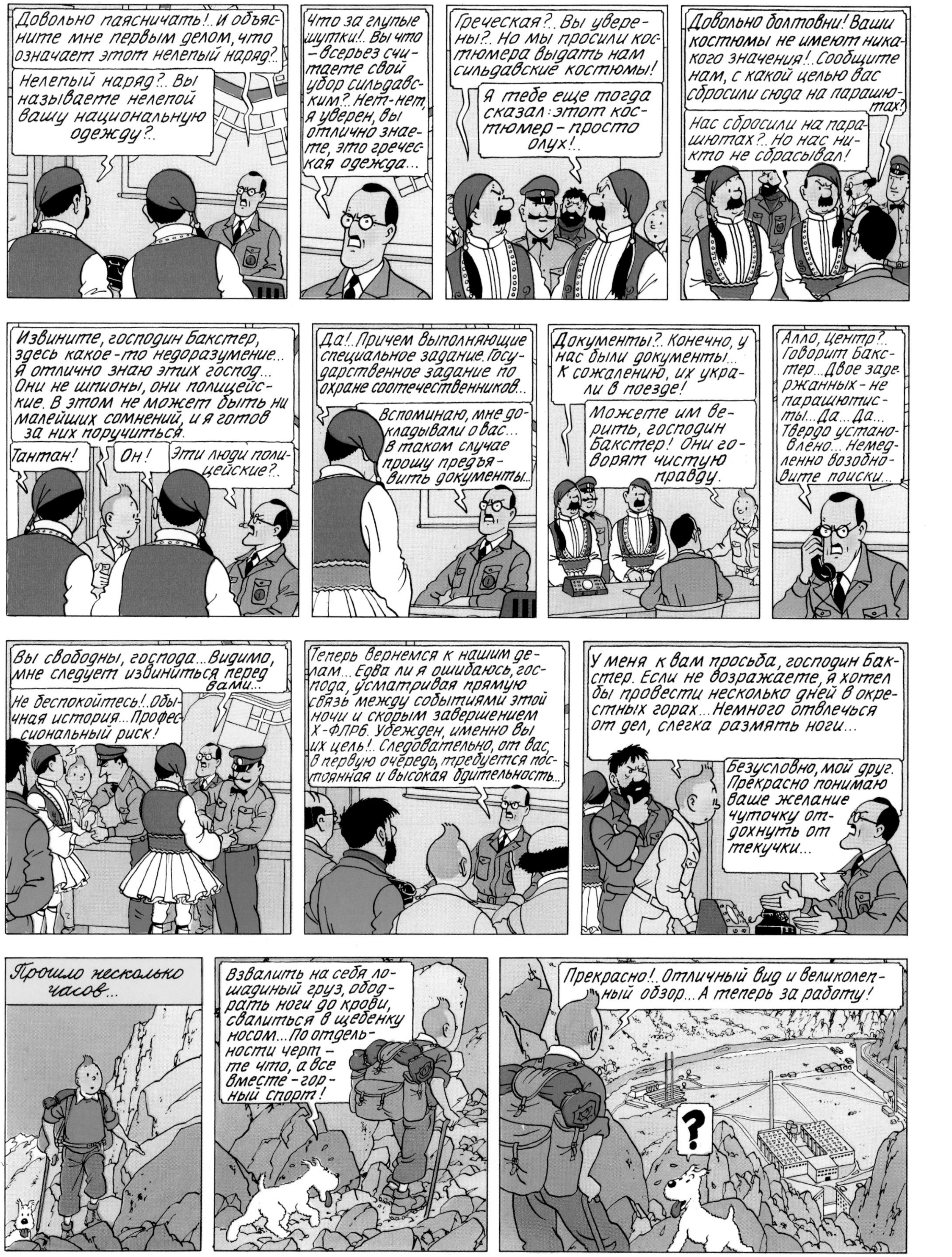
Довольно паясничать!.. И объясните мне первым делом, что означает этот нелепый наряд?..
Нелепый наряд?.. Вы называете нелепой вашу национальную одежду?..
Что за глупые шутки!.. Вы что - всерьез считаете свой убор сильдавским?.. Нет-нет, я уверен, вы отлично знаете, это греческая одежда...
Греческая?.. Вы уверены?.. Но мы просили костюмера выдать нам сильдавские костюмы!
Я тебе еще тогда сказал: этот костюмер - просто олух!..
Довольно болтовни! Ваши костюмы не имеют никакого значения!.. Сообщите нам, с какой целью вас сбросили сюда на парашютах?
Нас сбросили на парашютах?.. Но нас никто не сбрасывал!
Извините, господин Бакстер, здесь какое-то недоразумение... Я отлично знаю этих господ... Они не шпионы, они полицейские. В этом не может быть ни малейших сомнений, и я готов за них поручиться.
Тантан!
Он!
Эти люди полицейские?..
Да!.. Причем выполняющие специальное задание. Государственное задание по охране соотечественников...
Вспоминаю, мне докладывали о вас... В таком случае прошу предъявить документы...
Документы?.. Конечно, у нас были документы... К сожалению, их украли в поезде!
Можете им верить, господин Бакстер! Они говорят чистую правду.
Алло, Центр?.. Говорит Бакстер... Двое задержанных - не парашютисты... Да... Да... Твердо установлено... Немедленно возобновите поиски...
Вы свободны, господа... Видимо, мне следует извиниться перед вами...
Не беспокойтесь!.. Обычная история... Профессиональный риск!
Теперь вернемся к нашим делам... Едва ли я ошибаюсь, господа, усматривая прямую связь между событиями этой ночи и скорым завершением Х-ФЛРБ. Убежден, именно вы их цель!.. Следовательно, от вас, в первую очередь, требуется постоянная и высокая бдительность...
У меня к вам просьба, господин Бакстер. Если не возражаете, я хотел бы провести несколько дней в окрестных горах... Немного отвлечься от дел, слегка размять ноги...
Безусловно, мой друг. Прекрасно понимаю ваше желание чуточку отдохнуть от текучки...
Прошло несколько часов...
Взвалить на себя лошадиный груз, ободрать ноги до крови, свалиться в щебенку носом... По отдельности черт - те что, а все вместе - горный спорт!
Прекрасно!.. Отличный вид и великолепный обзор... А теперь за работу!
?

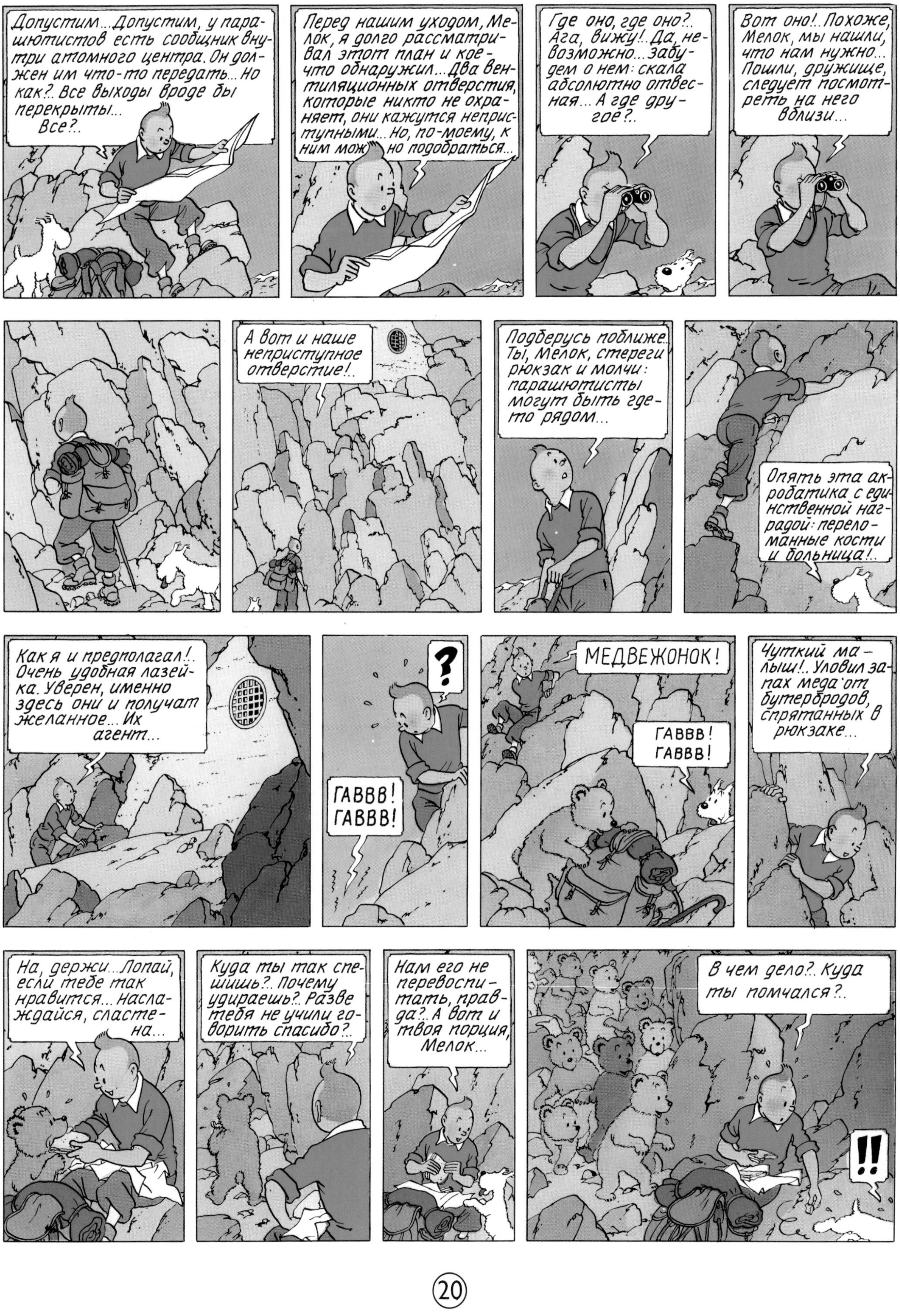
Допустим... Допустим, у парашютистов есть сообщник внутри атомного центра. Он должен им что-то передать... Но как?.. Все выходы вроде бы перекрыты... Все?..
Перед нашим уходом, Мелок, я долго рассматривал этот план и кое-что обнаружил... Два вентиляционных отверстия, которые никто не охраняет, они кажутся неприступными... Но, по-моему, к ним можно подобраться...
Где оно, где оно?.. Ага, вижу!.. Да, невозможно... Забудем о нем: скала абсолютно отвесная... А где другое?..
Вот оно!.. Похоже, Мелок, мы нашли, что нам нужно... Пошли, дружище, следует посмотреть на него вблизи...
А вот и наше неприступное отверстие!..
Подберусь поближе... Ты, Мелок, стереги рюкзак и молчи: парашютисты могут быть где-то рядом...
Опять эта акробатика с единственной наградой: переломанные кости и больница!..
Как я и предполагал!.. Очень удобная лазейка. Уверен, именно здесь они и получат желанное... Их агент...
?
ГАВВВ! ГАВВВ!
МЕДВЕЖОНОК!
ГАВВВ! ГАВВВ!
Чуткий малыш!.. Уловил запах меда от бутербродов, спрятанных в рюкзаке...
На, держи... Лопай, если тебе так нравится... Наслаждайся, сластена...
Куда ты так спешишь?.. Почему удираешь?.. Разве тебя не учили говорить спасибо?..
Нам его не перевоспитать, правда?.. А вот и твоя порция, Мелок...
В чем дело?.. Куда ты помчался?..
!!

 Тихо, тихо, шайка голодающих, успокойтись!..

 О Боже, теперь и родители! Только их и не хватало!..

 Вот ваши бутерброды!.. Бегите за ними, догоняйте!..

 Быстро, Мелок!.. Воспользуемся паузой и удерем, не попрощавшись... Придется коротать ночь наверху...

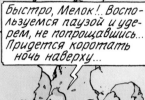

 Так бы всегда!..

 Вот мы и пришли!.. Первым делом нужно предупредить капитана... Первым делом освободи меня!..

 Алло!.. Алло!.. Вы меня слышите, капитан?.. Да... Думаю, нашел... Сектор Д...коридор 7... отверстие 3... Да... Следовательно, я могу на вас рассчитывать?..

 Безусловно!.. А теперь повторяю: сектор Д, коридор 7, отверстие 3... Договорились!.. Нет-нет, никому ни слова!..

 Отлично!.. Теперь нам остается ждать событий... Укутывайся потеплее, Мелок, ночи в горах холодные...

 Прошло несколько часов...

 Тихо!.. Мне кажется, я слышал шум!..

 Видимо, один из парашютистов...А где второй?..

 Подошел к отверстию...Что-то взял... Похоже на свернутые в трубку бумаги...Кажется, время вмешаться...

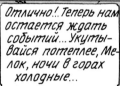

 Стой!.. Руки вверх!.. ?

 Молодец, Джим!.. БАХ

А в это время внутри атомного центра...

Ты слышал выстрел?..

Стреляли не здесь, снаружи! Я... Ой!.. Кого-то поймал! Черт! Я держал его в руках!..

Оууу-оууу-оууу...

Я опять его поймал!.. Быстро, помоги удержать!..

Где ты?.. Ах, вот где!..

Отпустите меня!.. Слышите, отпустите меня!.. Я - Вольф!..

Слава Богу, свет загорелся... Да это же господин Вольф!..

О чем я вам и твержу, не переставая... А кто-то другой тем временем удрал...

ОЙ!

?

Боже мой!.. Кто это?..

Капитан!.. Его оглушили!..

Что происходит?.. Что означает этот шум?..

Господин Бакстер!

Это воет Милок, господин Бакстер... Наверное, что-то случилось с Тантаном... Быстрее на помощь, Тантан снаружи, в горах, он около вентиляционного отверстия!..

Алло, Центр?.. Говорит Бакстер... Немедленно пошлите спасателей в горы на помощь Тантану. Ищите его возле вентиляционного отверстия сектора Д и коридора 7. Третье отверстие, быстрее... и отчитывайтесь мне по номеру 18...

А теперь, капитан, потрудитесь объяснить, что случилось.

Да-а... Что там с Тантаном?.. А было вот как... Отправляясь в горы, он сказал мне перед уходом, что попытается схватить парашютистов. Около пяти связался со мной по радио и был твердо уверен, что обнаружил местечко, где эти субчики установят контакт...

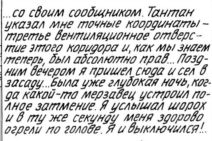

...со своим сообщником. Тантан указал мне точные координаты - третье вентиляционное отверстие этого коридора и, как мы знаем теперь, был абсолютно прав... Поздним вечером я пришел сюда и сел в засаду. Была уже глубокая ночь, когда какой-то мерзавец устроил полное затмение. Я услышал шорох и в ту же секунду меня здорово огрели по голове. Я и выключился!..

Теперь вы, Вольф!..

Я случайно заметил капитана, выходившего из своей комнаты... У него был... гм-гм... весьма таинственный вид, это меня заинтересовало, и я отправился вслед за ним... Когда капитан вдруг спрятался и затаился, я решил сделать то же самое... Прошло несколько часов, затем кто-то выключил свет... Я услышал звук удара, шум падающего тела, бросился к капитану... Похоже, раздался выстрел... потом крики... кто-то толкнул меня в темноте, схватил... Когда зажегся свет, я обнаружил себя в руках этих господ...

Странно...

Теперь ваша очередь. Что вы здесь делали в такое время?

Со всей объективностью, господин директор, и положив руку на сердце, могу заявить...

БЛОУП   БЛОУП

Я... Извините... Это случается с нами время от времени... Последствия операции в Аравии!..

ДЗЗЗЫНЬ

Извините, телефон!..

Алло!.. Да, я... Вы нашли его?.. Что?.. Ранен?.. В каком он состоянии?.. Без сознания?.. В больницу?.. А где же врач?.. Когда вы его ждете?.. Иду!..

х) ОБ ЭТОМ РАССКАЗАНО В КНИГЕ ЭРЖЕ "ТАНТАН В СТРАНЕ ЧЕРНОГО ЗОЛОТА."

Если вы не возражаете, господин Бакстер, мы останемся здесь... Возможно нам удастся обнаружить какие-то улики...

Считаете необходимым?. Хорошо!

Не знаю, что и думать, но поведение Бакстера и Вольфа кажется мне подозрительным...

Я бы даже сказал: подозрительным!..

Займемся ими позже... А сейчас давай обследуем знаменитое вентиляционное отверстие...

Не вижу ничего особенного...

А ну-ка взгляни туда!..

Видишь приоткрытую дверь?.. А вдруг именно этим путем...

Ты прав, давай посмотрим!..

Подожди, сейчас включу свет...

Что это за аппараты, не знаешь?

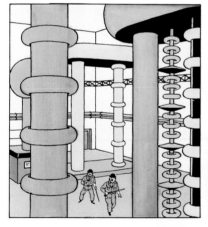

?

Оставайся здесь... А я пойду посмотрю, что там за дверью...

Ладно.

?

ОЙЙЙЙЙ!

!

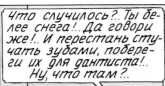

Что случилось?.. Ты белее снега!.. Да говори же!.. И перестань стучать зубами, побереги их для дантиста!.. Ну, что там?..

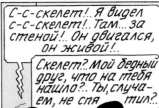
С-с-скелет!.. Я видел с-с-скелет!.. Там... за стеной!.. Он двигался, он живой!..

Скелет? Мой бедный друг, что на тебя нашло?.. Ты, случаем, не спя...тил?..

Я...уверяю тебя...

Ну-ну, что за ребячество!.. Спокойно иди за мной!

Как и следовало ожидать... Где он, твой скелет, а?..

Я уверен, я видел...

Да?.. Увидишь еще раз, передай, прошу, от меня привет!..

Скелет! Ха-ха-ха! Живой!.. Ха-ха-ха! Боюсь, бедняжку Дюпана придется показать врачу!..

Черт, моя трость!..

АЙЙЙЙЙЙЙ!.. !

С-с-с... с-с-с... с-с-скелет!.. Ты б-б-был прав!.. Я тоже его видел!.. за этой самой стенкой!..

Ты тоже? Теперь не будешь надо мной смеяться?..

S.R.2
V.S.R.6
X.S.R.10

Будем хладнокровны, согласен? Всем стоять по местам! Только без пикники!.. Извини, я хотел сказать без паники!.. Действуем вдвоем!.. Сейчас посмотрим...

Да, ты прав... Пойдем посмотрим...

Никого и ничего... Странно!..

Куда же он, спрашивается, исчез?..

РЕНТГЕН

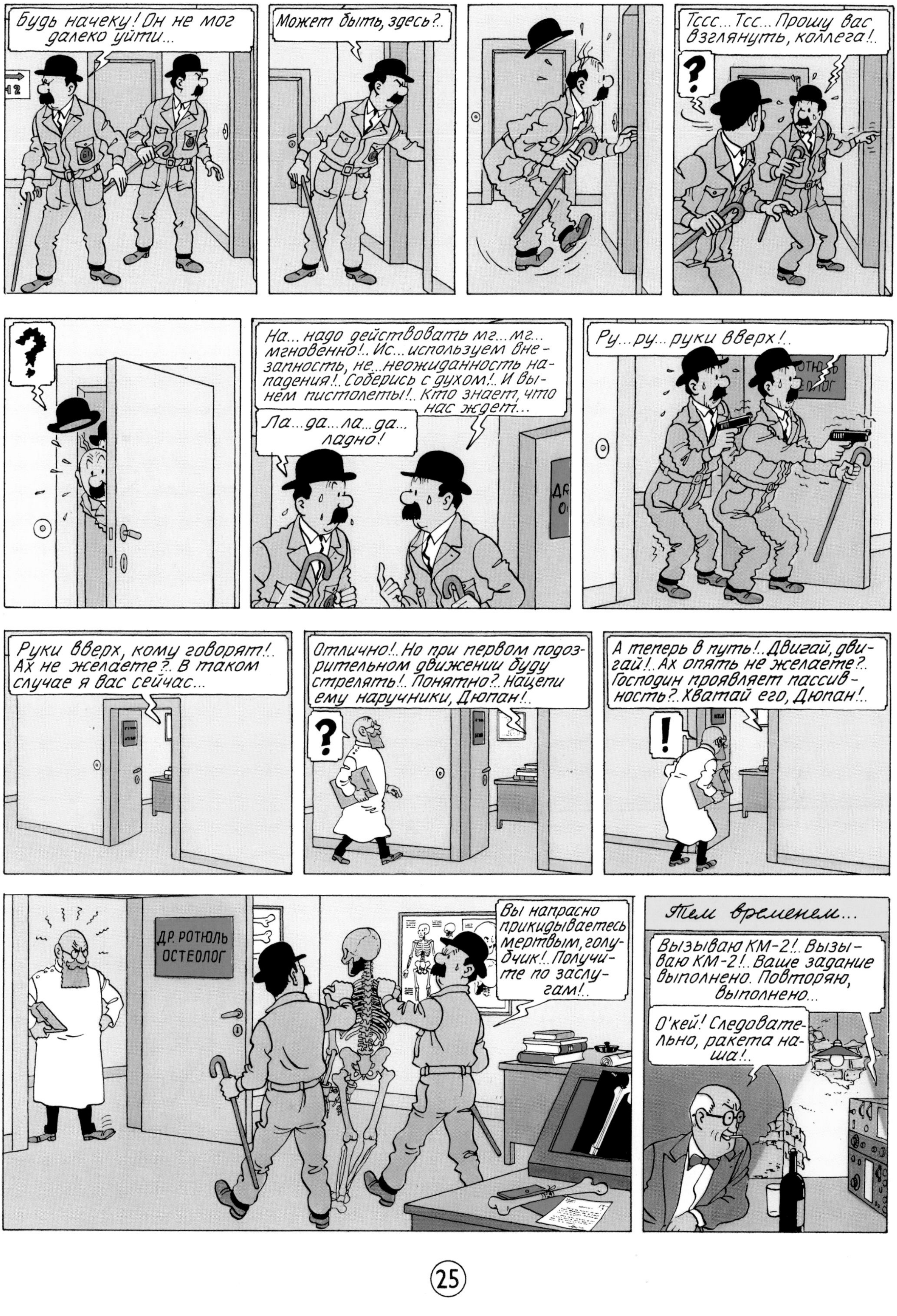
Будь начеку! Он не мог далеко уйти...
Может быть, здесь?..
Тссс... Тсс... Прошу вас взглянуть, коллега!..
На... надо действовать мг... мг... мгновенно!.. Ис... используем внезапность, не... неожиданность нападения!.. Соберись с духом!.. И вынем пистолеты!.. Кто знает, что нас ждет...
Ла... да... ла... да... ладно!
Ру... ру... руки вверх!..
Руки вверх, кому говорят!.. Ах не желаете?.. В таком случае я вас сейчас...
Отлично!.. Но при первом подозрительном движении буду стрелять!.. Понятно?.. Нацепи ему наручники, Дюпан!..
А теперь в путь!.. Двигай, двигай!.. Ах опять не желаете?.. Господин проявляет пассивность?.. Хватай его, Дюпан!..
ДР. РОТЮЛЬ ОСТЕОЛОГ
Вы напрасно прикидываетесь мертвым, голубчик!.. Получите по заслугам!..
Тем временем...
Вызываю КМ-2!.. Вызываю КМ-2!.. Ваше задание выполнено. Повторяю, выполнено...
О'кей! Следовательно, ракета наша!..

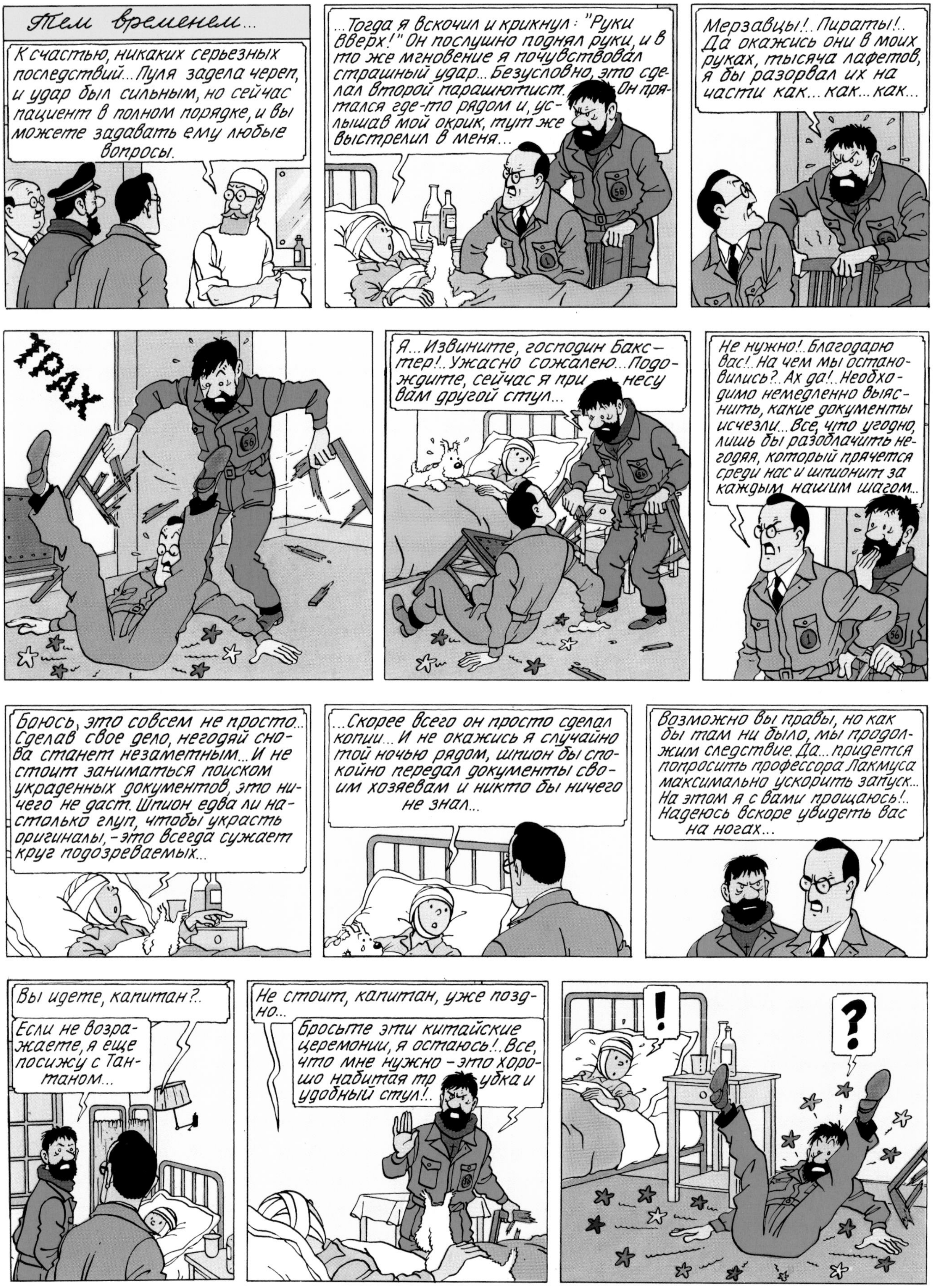
Тем временем...
К счастью, никаких серьезных последствий... Пуля задела череп, и удар был сильным, но сейчас пациент в полном порядке, и вы можете задавать ему любые вопросы.
...Тогда я вскочил и крикнул: "Руки вверх!" Он послушно поднял руки, и в то же мгновение я почувствовал страшный удар... Безусловно, это сделал второй парашютист... Он прятался где-то рядом и, услышав мой окрик, тут же выстрелил в меня...
Мерзавцы!.. Пираты!.. Да окажись они в моих руках, тысяча лафетов, я бы разорвал их на части как... как... как...
ТРАХ
Я... Извините, господин Бакстер!.. Ужасно сожалею... Подождите, сейчас я принесу вам другой стул...
Не нужно!.. Благодарю вас!.. На чем мы остановились?.. Ах да!.. Необходимо немедленно выяснить, какие документы исчезли... Все, что угодно, лишь бы разоблачить негодяя, который прячется среди нас и шпионит за каждым нашим шагом...
Боюсь, это совсем не просто... Сделав свое дело, негодяй снова станет незаметным... И не стоит заниматься поиском украденных документов, это ничего не даст. Шпион едва ли настолько глуп, чтобы украсть оригиналы, – это всегда сужает круг подозреваемых...
...Скорее всего он просто сделал копии... И не окажись я случайно той ночью рядом, шпион бы спокойно передал документы своим хозяевам и никто бы ничего не знал...
Возможно вы правы, но как бы там ни было, мы продолжим следствие. Да... придется попросить профессора Лакмуса максимально ускорить запуск... На этом я с вами прощаюсь!.. Надеюсь вскоре увидеть вас на ногах...
Вы идете, капитан?..
Если не возражаете, я еще посижу с Тантаном...
Не стоит, капитан, уже поздно...
Бросьте эти китайские церемонии, я остаюсь!.. Все, что мне нужно – это хорошо набитая трубка и удобный стул!..
!
?

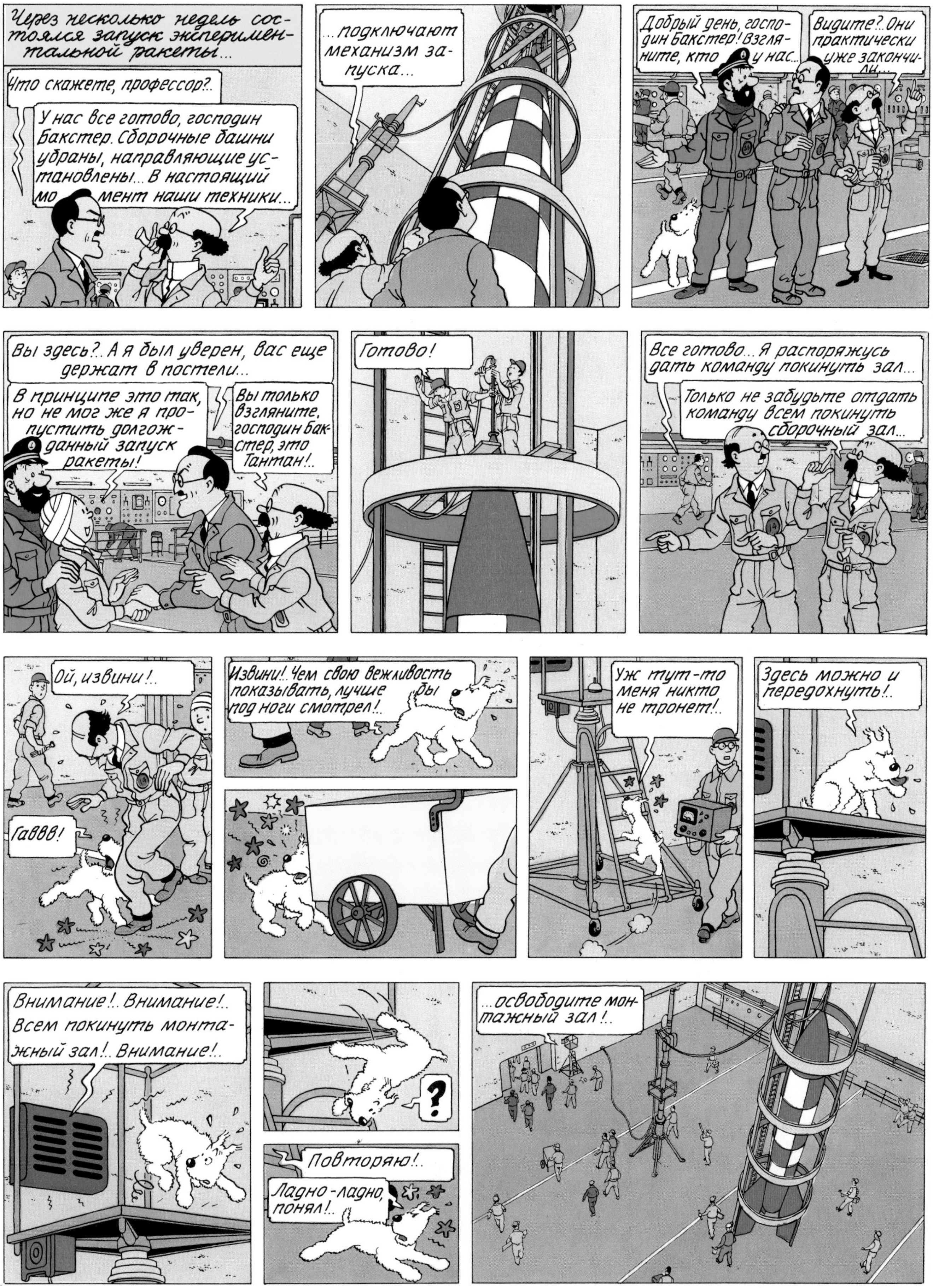
Через несколько недель состоялся запуск экспериментальной ракеты...
Что скажете, профессор?..
У нас все готово, господин Бакстер. Сборочные башни убраны, направляющие установлены... В настоящий момент наши техники...
...подключают механизм запуска...
Добрый день, господин Бакстер! Взгляните, кто у нас...
Видите?.. Они практически уже закончили...
Вы здесь?.. А я был уверен, вас еще держат в постели...
В принципе это так, но не мог же я пропустить долгожданный запуск ракеты!
Вы только взгляните, господин Бакстер, это Тантан!..
Готово!
Все готово... Я распоряжусь дать команду покинуть зал...
Только не забудьте отдать команду всем покинуть сборочный зал...
Ой, извини!..
Гаввв!
Извини!.. Чем свою вежливость показывать, лучше бы под ноги смотрел!..
Уж тут-то меня никто не тронет!..
Здесь можно и передохнуть!..
Внимание!.. Внимание!.. Всем покинуть монтажный зал!.. Внимание!..
?
Повторяю!..
Ладно-ладно, понял!..
...освободите монтажный зал!..

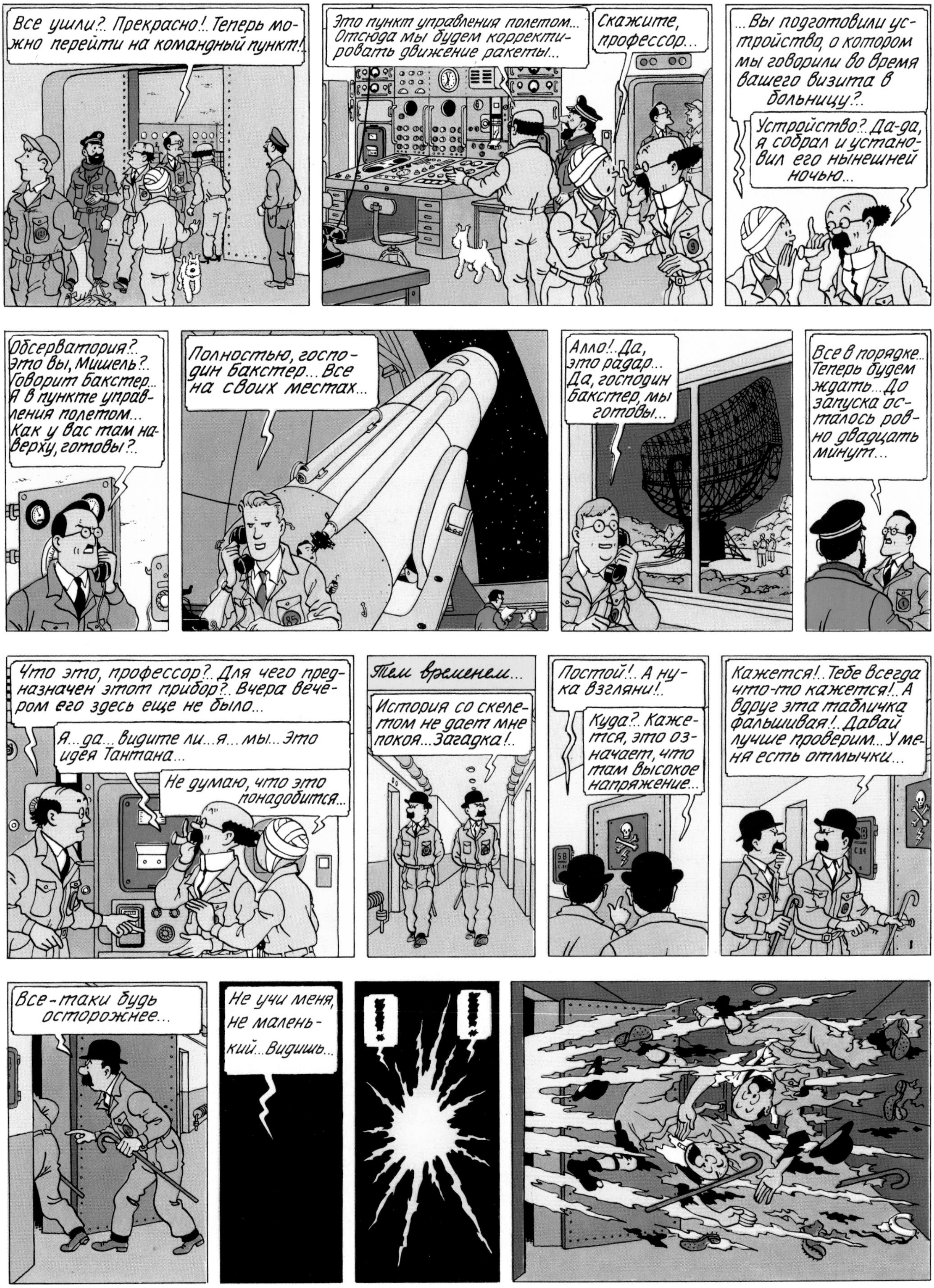
Все ушли?. Прекрасно!. Теперь можно перейти на командный пункт!.
Это пункт управления полетом... Отсюда мы будем корректировать движение ракеты...
Скажите, профессор...
...Вы подготовили устройство, о котором мы говорили во время вашего визита в больницу?..
Устройство?. Да-да, я собрал и установил его нынешней ночью...
Обсерватория?. Это вы, Мишель?.. Говорит Бакстер... Я в пункте управления полетом... Как у вас там наверху, готовы?..
Полностью, господин Бакстер... Все на своих местах...
Алло!. Да, это радар... Да, господин Бакстер, мы готовы...
Все в порядке... Теперь будем ждать... До запуска осталось ровно двадцать минут...
Что это, профессор?. Для чего предназначен этот прибор?. Вчера вечером его здесь еще не было...
Я...да... видите ли...я... мы...Это идея Тантана...
Не думаю, что это понадобится...
Тем временем...
История со скелетом не дает мне покоя...Загадка!..
Постой!. А нука взгляни!.
Куда?. Кажется, это означает, что там высокое напряжение...
Кажется!. Тебе всегда что-то кажется!. А вдруг эта табличка фальшивая!. Давай лучше проверим... У меня есть отмычки...
Все-таки будь осторожнее...
Не учи меня, не маленький...Видишь...

Перед вами главный пульт. Здесь сосредоточены основные приборы управления ракетой...
По-моему, это похоже на фантастическое фортепиано!..
Сейчас перед вами выступит бианка Кастофиоре – солистка миланского "Ла Скала," которая исполнит "Арию с жемчугом" из оперы "Фауст": "Ах смешно смешно смотреть мне на тебя"..
АААХ СМЕ ШНО
Тише, господин Бакстер!.. Кажется, сирена тревоги!..
?
А теперь перед вами виртуоз Хаддоксини... Плюм Плюм Плюм Плюм Плюм Плюм
Поздравляю, капитан!.. Я вижу, вы обладаете еще и музыкальным талантом!.. Но сейчас не время для камерной музыки!..
?
Через несколько минут, господа, взлетит наша Х-ФЛРБ, и я предлагаю предоставить самому молодому из нас, нашему общему другу Тантану, высокую честь... Именно он пошлет ракету в космос!.. Нет возражений?..
Левая рукоятка приводит в действие вспомогательный двигатель, с помощью которого ракета стартует... А правая – включение двигателя атомного, он будет приведен в действие несколько позже...
Алло!.. Алло!.. Обсерватория вызывает командный пункт... Ваше время – минус три минуты...
Всем занять свои места!
Минус две минуты...
Минус одна минута...
Минус тридцать секунд...
Минус десять секунд... Девять. Восемь... Семь... Шесть... Пять... Четыре... Три... Две... Одна...
ЕСТЬ!..
НОЛЬ!..

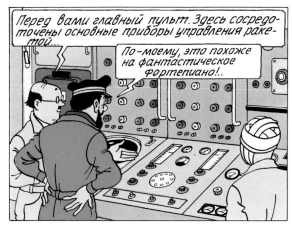

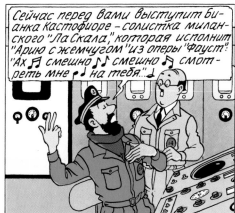

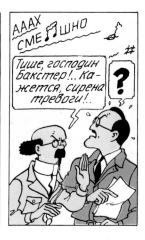

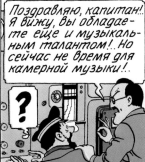

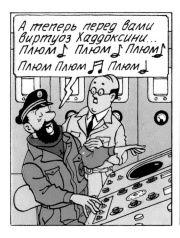

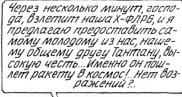

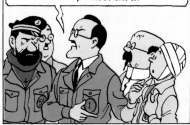

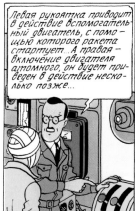

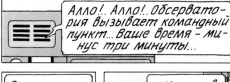

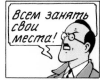

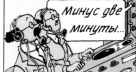

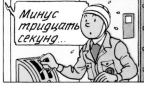

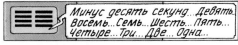

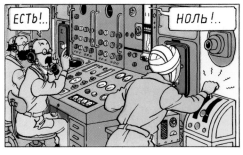

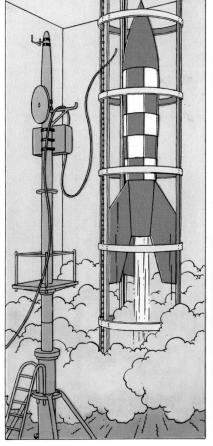

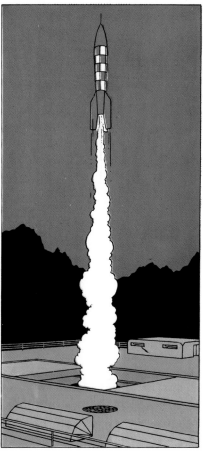

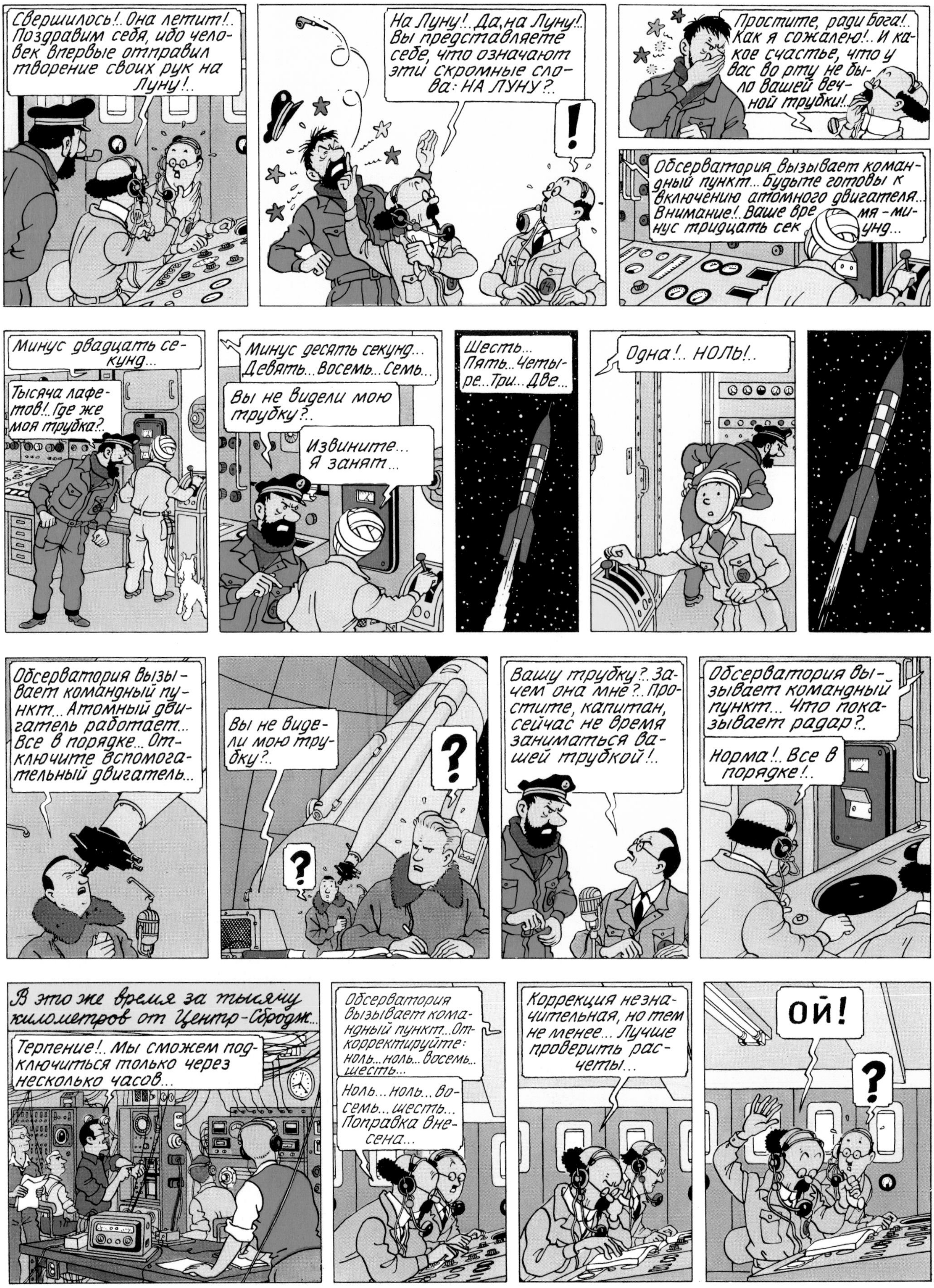
Свершилось!.. Она летит!.. Поздравим себя, ибо человек впервые отправил творение своих рук на Луну!..
На Луну!.. Да, на Луну!.. Вы представляете себе, что означают эти скромные слова: НА ЛУНУ?..
!
Простите, ради бога!.. Как я сожалею!.. И какое счастье, что у вас во рту не было вашей вечной трубки!..
Обсерватория вызывает командный пункт... Будьте готовы к включению атомного двигателя... Внимание!.. Ваше вре мя — минус тридцать сек унд...
Минус двадцать секунд...
Тысяча лафетов!.. Где же моя трубка?..
Минус десять секунд... Девять... Восемь... Семь...
Вы не видели мою трубку?..
Извините... Я занят...
Шесть... Пять... Четыре... Три... Две...
Одна!.. НОЛЬ!..
Обсерватория вызывает командный пункт... Атомный двигатель работает... Все в порядке... Отключите вспомогательный двигатель...
Вы не видели мою трубку?..
?
?
Вашу трубку?.. Зачем она мне?.. Простите, капитан, сейчас не время заниматься вашей трубкой!..
Обсерватория вызывает командный пункт... Что показывает радар?..
Норма!.. Все в порядке!..
В это же время за тысячу километров от Центр-Сбродж...
Терпение!.. Мы сможем подключиться только через несколько часов...
Обсерватория вызывает командный пункт... Откорректируйте: ноль... ноль... восемь... шесть...
Ноль... ноль... восемь... шесть... Поправка внесена...
Коррекция незначительная, но тем не менее... Лучше проверить расчеты...
ОЙ!
?

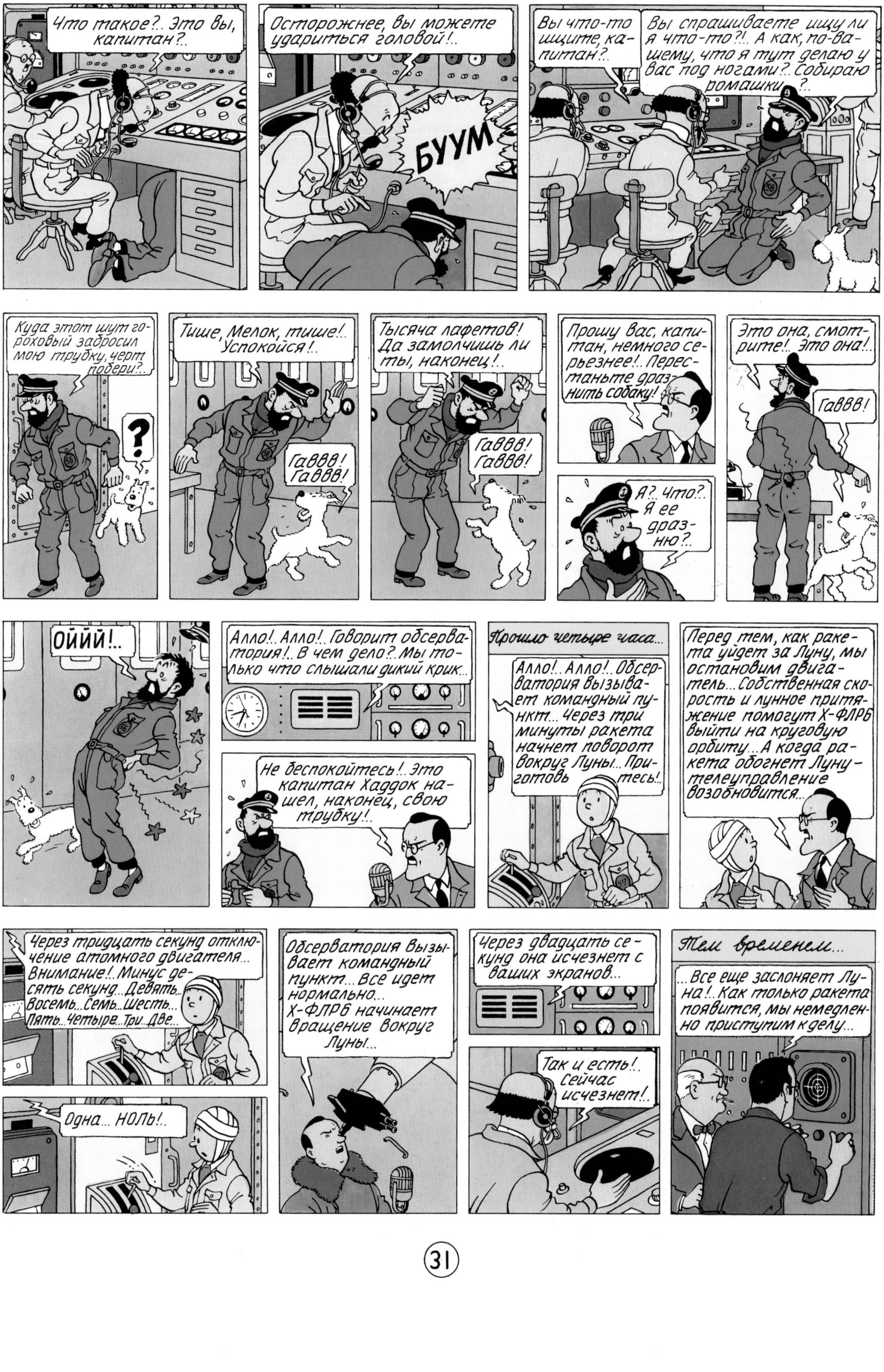
Что такое?.. Это вы, капитан?..
Осторожнее, вы можете удариться головой!..
БУУМ
Вы что-то ищите, капитан?..
Вы спрашиваете ищу ли я что-то?!.. А как, по-вашему, что я тут делаю у вас под ногами?.. Собираю ромашки?..
Куда этот шут гороховый забросил мою трубку, черт побери?..
?
Тише, Мелок, тише!.. Успокойся!..
Гаввв! Гаввв!
Тысяча лафетов! Да замолчишь ли ты, наконец!..
Гаввв! Гаввв!
Прошу вас, капитан, немного серьезнее!.. Перестаньте дразнить собаку!..
Я?.. Что?.. Я ее дразню?..
Это она, смотрите!.. Это она!..
Гаввв!
ОЙЙЙ!..
Алло!.. Алло!.. Говорит обсерватория!.. В чем дело?.. Мы только что слышали дикий крик...
Не беспокойтесь!.. Это капитан Хаддок нашел, наконец, свою трубку!..
Прошло четыре часа...
Алло!.. Алло!.. Обсерватория вызывает командный пункт... Через три минуты ракета начнет поворот вокруг Луны... Приготовьтесь!..
Перед тем, как ракета уйдет за Луну, мы остановим двигатель... Собственная скорость и лунное притяжение помогут X-ФЛР6 выйти на круговую орбиту... А когда ракета обогнет Луну - телеуправление возобновится...
Через тридцать секунд отключение атомного двигателя... Внимание!.. Минус десять секунд... Девять... Восемь... Семь... Шесть... Пять... Четыре... Три... Две...
Одна... НОЛЬ!..
Обсерватория вызывает командный пункт... Все идет нормально... X-ФЛР6 начинает вращение вокруг Луны...
Через двадцать секунд она исчезнет с ваших экранов...
Так и есть!.. Сейчас исчезнет!..
Тем временем...
...Все еще заслоняет Луна!.. Как только ракета появится, мы немедленно приступим к делу...

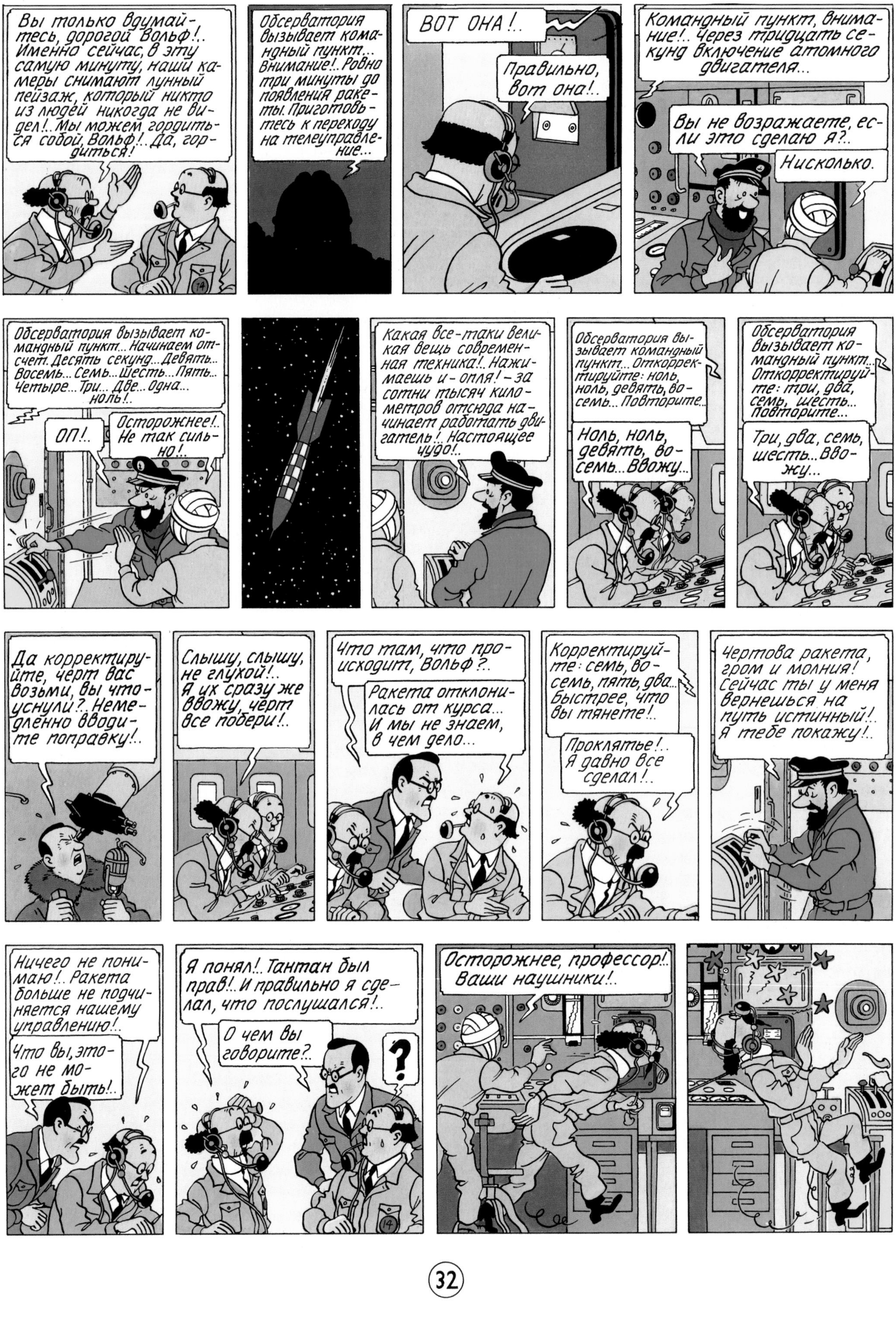
Вы только вдумайтесь, дорогой Вольф!.. Именно сейчас, в эту самую минуту, наши камеры снимают лунный пейзаж, который никто из людей никогда не видел!.. Мы можем гордиться собой, Вольф!.. Да, гордиться!
Обсерватория вызывает командный пункт... Внимание!.. Ровно три минуты до появления ракеты. Приготовьтесь к переходу на телеуправление...
ВОТ ОНА!..
Правильно, вот она!..
Командный пункт, внимание!.. Через тридцать секунд включение атомного двигателя...
Вы не возражаете, если это сделаю я?..
Нисколько.
Обсерватория вызывает командный пункт... Начинаем отсчет. Десять секунд... Девять... Восемь... Семь... Шесть... Пять... Четыре... Три... Две... Одна... ноль!..
ОП!..
Осторожнее!.. Не так сильно!..
Какая все-таки великая вещь современная техника!.. Нажимаешь и – опля! – за сотни тысяч километров отсюда начинает работать двигатель!.. Настоящее чудо!..
Обсерватория вызывает командный пункт... Откорректируйте: ноль, ноль, девять, восемь... Повторите...
Ноль, ноль, девять, восемь... Ввожу...
Обсерватория вызывает командный пункт... Откорректируйте: три, два, семь, шесть... Повторите...
Три, два, семь, шесть... Ввожу...
Да корректируйте, черт вас возьми, вы что уснули?.. Немедленно вводите поправку!..
Слышу, слышу, не глухой!.. Я их сразу же ввожу, черт все побери!..
Что там, что происходит, Вольф?..
Ракета отклонилась от курса... И мы не знаем, в чем дело...
Корректируйте: семь, восемь, пять, два... Быстрее, что вы тянете!..
Проклятье!.. Я давно все сделал!..
Чертова ракета, гром и молния! Сейчас ты у меня вернешься на путь истинный!.. Я тебе покажу!..
Ничего не понимаю!.. Ракета больше не подчиняется нашему управлению!..
Что вы, этого не может быть!..
Я понял!.. Тантан был прав!.. И правильно я сделал, что послушался!..
О чем вы говорите?..
?
Осторожнее, профессор!.. Ваши наушники!..

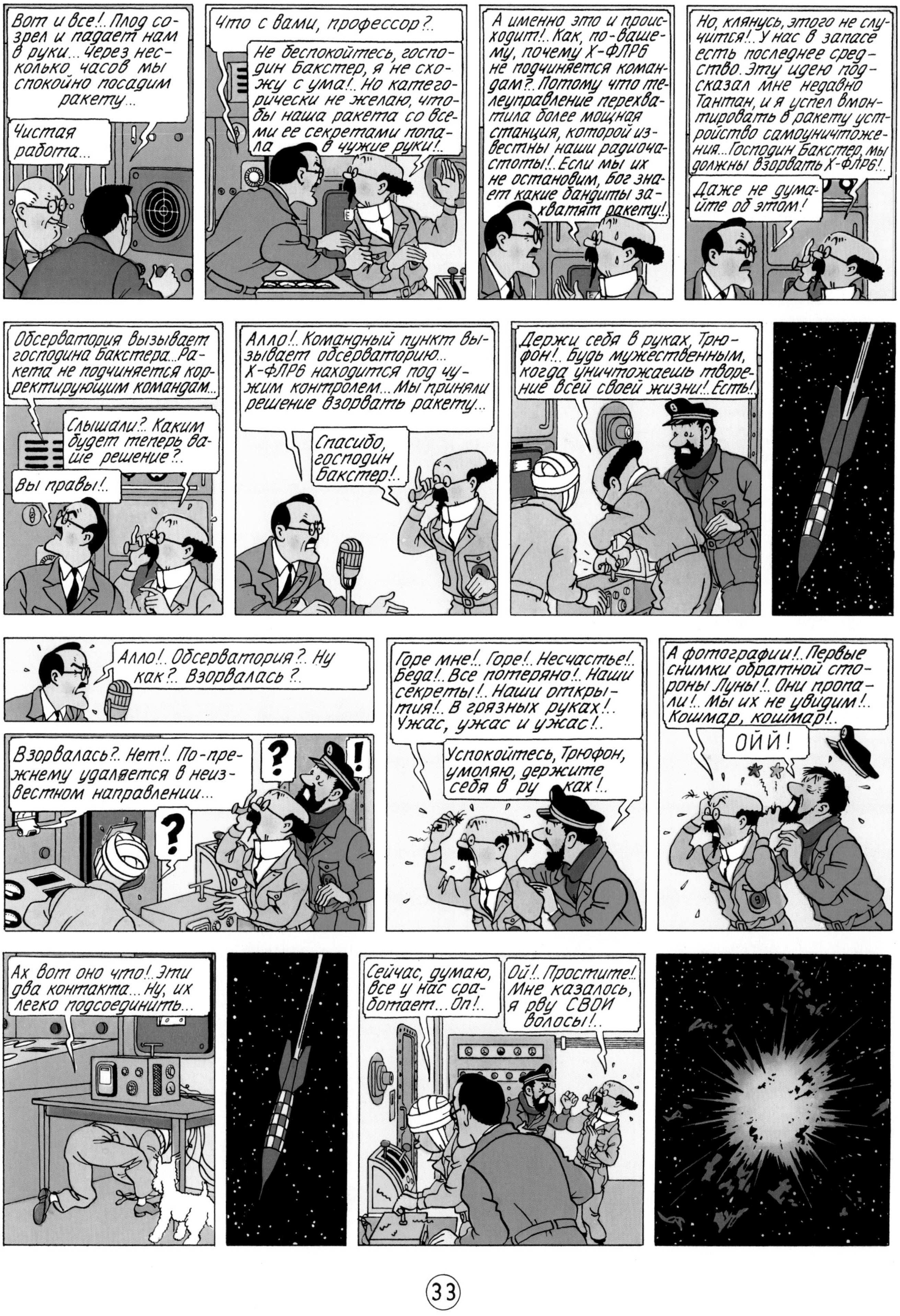

Вот и все!.. Плод созрел и падает нам в руки... Через несколько часов мы спокойно посадим ракету...
Чистая работа...
Что с вами, профессор?..
Не беспокойтесь, господин Бакстер, я не схожу с ума!.. Но категорически не желаю, чтобы наша ракета со всеми ее секретами попала в чужие руки!..
А именно это и происходит!.. Как, по-вашему, почему Х-ФЛР6 не подчиняется командам?.. Потому что телеуправление перехватила более мощная станция, которой известны наши радиочастоты!.. Если мы их не остановим, Бог знает какие бандиты захватят ракету!..
Но, клянусь, этого не случится!.. У нас в запасе есть последнее средство. Эту идею подсказал мне недавно Тантан, и я успел вмонтировать в ракету устройство самоуничтожения... Господин Бакстер, мы должны взорвать Х-ФЛР6!..
Даже не думайте об этом!
Обсерватория вызывает господина Бакстера... Ракета не подчиняется корректирующим командам...
Слышали?.. Каким будет теперь ваше решение?..
Вы правы!..
Алло!.. Командный пункт вызывает обсерваторию... Х-ФЛР6 находится под чужим контролем... Мы приняли решение взорвать ракету...
Спасибо, господин Бакстер!..
Держи себя в руках, Трюфон!.. Будь мужественным, когда уничтожаешь творение всей своей жизни!.. Есть!
Алло!.. Обсерватория?.. Ну как?.. Взорвалась?..
Взорвалась?.. Нет!.. По-прежнему удаляется в неизвестном направлении...
?
!
?
Горе мне!.. Горе!.. Несчастье!.. Беда!.. Все потеряно!.. Наши секреты!.. Наши открытия!.. В грязных руках!.. Ужас, ужас и ужас!..
Успокойтесь, Трюфон, умоляю, держите себя в руках!..
А фотографии!.. Первые снимки обратной стороны Луны!.. Они пропали!.. Мы их не увидим!.. Кошмар, кошмар!..
ОЙЙ!
Ах вот оно что!.. Эти два контакта... Ну, их легко подсоединить...
Сейчас, думаю, все у нас сработает... Оп!..
Ой!.. Простите!.. Мне казалось, я рву СВОИ волосы!..

Обсерватория вызывает командный пункт... X-ФЛР6 взорвалась!.. Объект наблюдения исчез.

Чтоб им пусто было! Все предусмотрели! И предпочли взорвать ракету, когда увидели, что она им больше не подчиняется!..

Почему такая мысль пришла мне в голову?.. Очень просто... Я предположил, что в документах, украденных шпионом, скорее всего содержатся сведения по телеуправлению ракетой. Ведь это позволяет ее перехватить... Профессор Лакмус разделил мои опасения, после чего изготовил устройство, способное уничтожить X-ФЛР6 в полете. Вот и все. Рад, что идея оказалась удачной...

Увы, да!.. Трижды увы!.. Этот взрыв уничтожил все мои надежды!.. Годы исследований, годы усилий мгновенно превратились в ничто!..

Когда вы в отчаянии, держитесь подальше от моей бороды...

Нет, господин Лакмус, это вовсе не катастрофа! Наоборот, ваш звездный час! Скажите, безупречно ли работал атомный двигатель? Да, безупречно! Долетела ракета до Луны? благополучно ее обогнула и вернулась обратно? Да, да и еще раз да!..

Тантан абсолютно прав! Проведенные испытания следует признать вполне успешными. Начиная с завтрашнего дня, мы приступим к строительству уже не экспериментального, а рабочего варианта ракеты, которая и доставит вас на Луну!..

На Луну!.. Давайте крикнем уррра!..

Прошло две недели...

По правде говоря, мне чертовски надоело торчать здесь, ничего не делая.

Лучше бы я остался в Муленсаре... И зачем только меня понесло в эту чертову глухомань, где я должен валять дурака и подчиняться прихотям какого-то Лакмуса?..

А вот и он... Легок на помине!.. Сейчас я ему выскажу!.. Эй, профессор!

Мне надоело болтаться без дела в этом чертовом Центре! Скоро ли состоится наша прогулка на Луну? Можете ответить?

Что?.. И у вас?.. Неужели?..

Любопытное совпадение, у меня то же самое, только в левом плече. Легкий приступ ревматизма, последние дни было очень сыро... Ничего, это скоро пройдет. А сейчас извините, меня ждет господин Бакстер.

Добрый день, господин Бакстер.

Добрый день, профессор... Надеюсь, вы принесли схему ракеты?..

Увы, нет, господин Бакстер, но общая схема ракеты наконец-то готова... Ну, что вы скажете?..

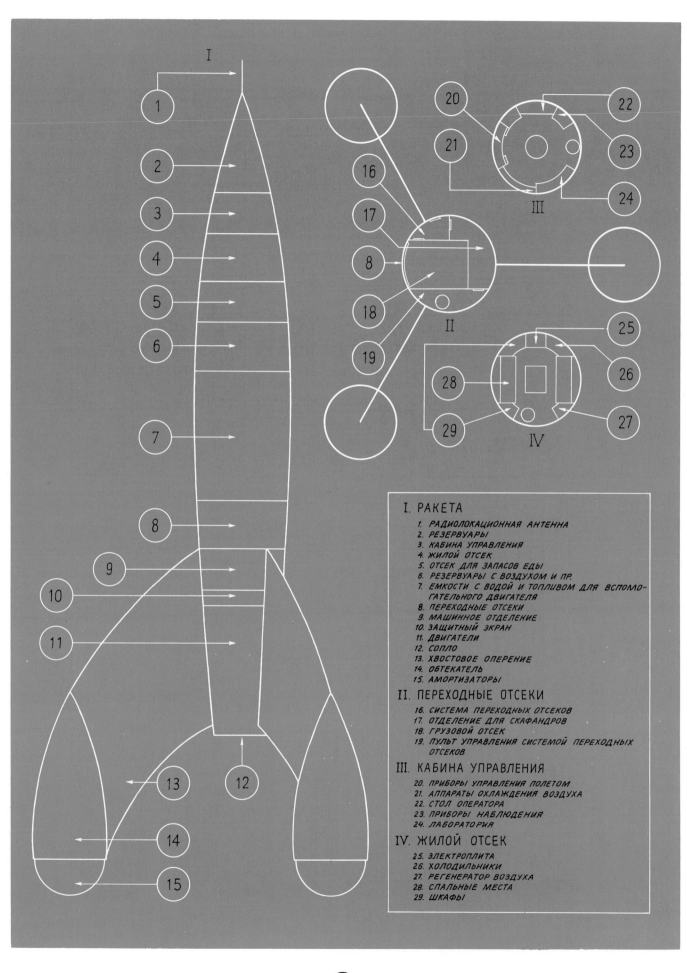

I. РАКЕТА
1. РАДИОЛОКАЦИОННАЯ АНТЕННА
2. РЕЗЕРВУАРЫ
3. КАБИНА УПРАВЛЕНИЯ
4. ЖИЛОЙ ОТСЕК
5. ОТСЕК ДЛЯ ЗАПАСОВ ЕДЫ
6. РЕЗЕРВУАРЫ С ВОЗДУХОМ И ПР.
7. ЕМКОСТИ С ВОДОЙ И ТОПЛИВОМ ДЛЯ ВСПОМО-
ГАТЕЛЬНОГО ДВИГАТЕЛЯ
8. ПЕРЕХОДНЫЕ ОТСЕКИ
9. МАШИННОЕ ОТДЕЛЕНИЕ
10. ЗАЩИТНЫЙ ЭКРАН
11. ДВИГАТЕЛИ
12. СОПЛО
13. ХВОСТОВОЕ ОПЕРЕНИЕ
14. ОБТЕКАТЕЛЬ
15. АМОРТИЗАТОРЫ

II. ПЕРЕХОДНЫЕ ОТСЕКИ
16. СИСТЕМА ПЕРЕХОДНЫХ ОТСЕКОВ
17. ОТДЕЛЕНИЕ ДЛЯ СКАФАНДРОВ
18. ГРУЗОВОЙ ОТСЕК
19. ПУЛЬТ УПРАВЛЕНИЯ СИСТЕМОЙ ПЕРЕХОДНЫХ
ОТСЕКОВ

III. КАБИНА УПРАВЛЕНИЯ
20. ПРИБОРЫ УПРАВЛЕНИЯ ПОЛЕТОМ
21. АППАРАТЫ ОХЛАЖДЕНИЯ ВОЗДУХА
22. СТОЛ ОПЕРАТОРА
23. ПРИБОРЫ НАБЛЮДЕНИЯ
24. ЛАБОРАТОРИЯ

IV. ЖИЛОЙ ОТСЕК
25. ЭЛЕКТРОПЛИТА
26. ХОЛОДИЛЬНИКИ
27. РЕГЕНЕРАТОР ВОЗДУХА
28. СПАЛЬНЫЕ МЕСТА
29. ШКАФЫ

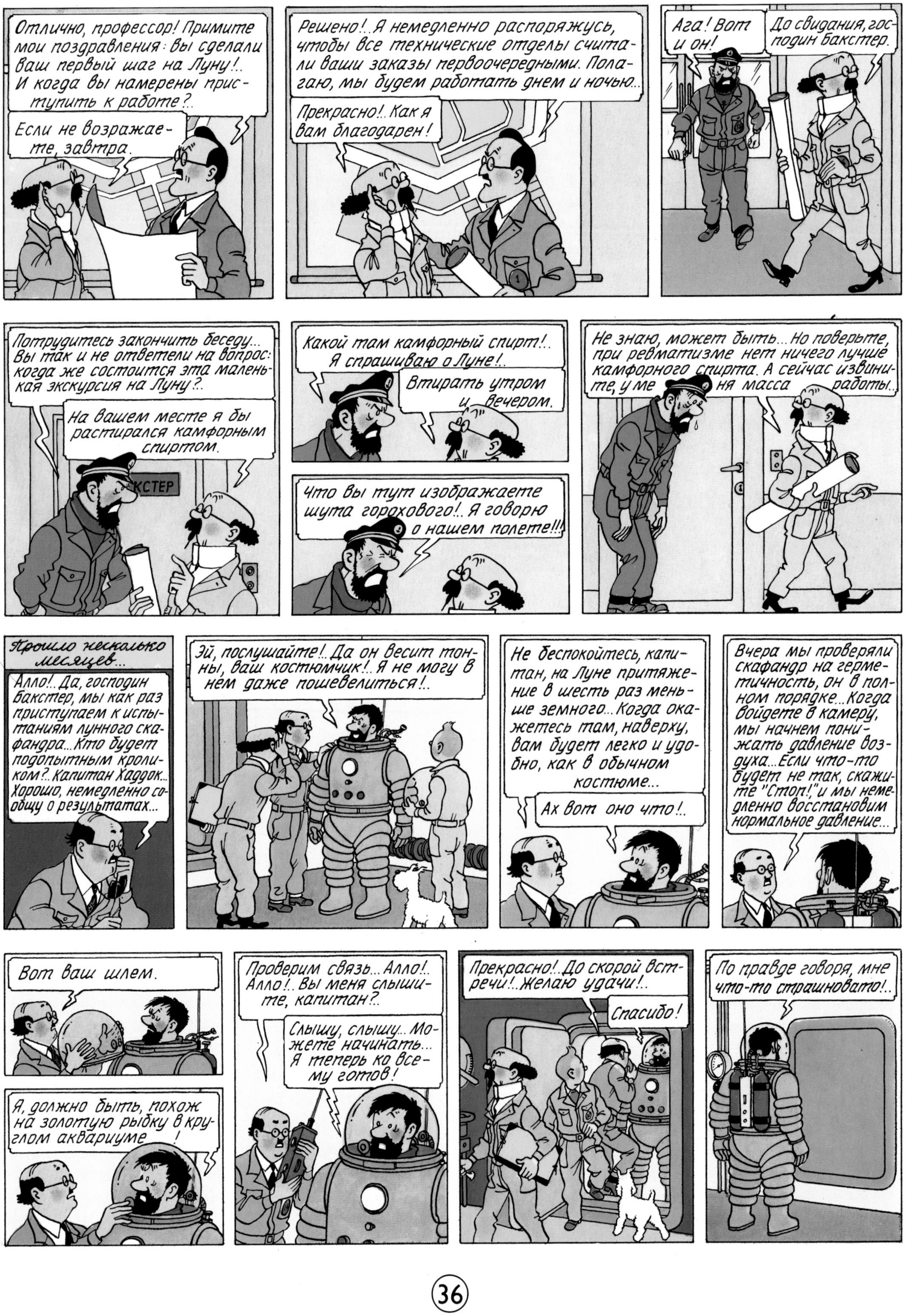
Отлично, профессор! Примите мои поздравления: Вы сделали ваш первый шаг на Луну!.. И когда вы намерены приступить к работе?..
Если не возражаете, завтра.
Решено!.. Я немедленно распоряжусь, чтобы все технические отделы считали ваши заказы первоочередными. Полагаю, мы будем работать днем и ночью...
Прекрасно!.. Как я вам благодарен!
Ага! Вот и он!
До свидания, господин Бакстер.
Потрудитесь закончить беседу... Вы так и не ответели на вопрос: когда же состоится эта маленькая экскурсия на Луну?..
На вашем месте я бы растирался камфорным спиртом.
КСТЕР
Какой там камфорный спирт!.. Я спрашиваю о Луне!..
Втирать утром и вечером.
Что вы тут изображаете шута горохового!.. Я говорю о нашем полете!!!
Не знаю, может быть... Но поверьте, при ревматизме нет ничего лучше камфорного спирта. А сейчас извините, у ме ня масса работы...
Прошло несколько месяцев...
Алло!.. Да, господин Бакстер, мы как раз приступаем к испытаниям лунного скафандра... Кто будет подопытным кроликом?.. Капитан Хаддок... Хорошо, немедленно сообщу о результатах...
Эй, послушайте!.. Да он весит тонны, ваш костюмчик!.. Я не могу в нем даже пошевелиться!..
Не беспокойтесь, капитан, на Луне притяжение в шесть раз меньше земного... Когда окажетесь там, наверху, вам будет легко и удобно, как в обычном костюме...
Ах вот оно что!..
Вчера мы проверяли скафандр на герметичность, он в полном порядке... Когда войдете в камеру, мы начнем понижать давление воздуха... Если что-то будет не так, скажите "Стоп!," и мы немедленно восстановим нормальное давление...
Вот ваш шлем.
Я, должно быть, похож на золотую рыбку в круглом аквариуме!
Проверим связь... Алло!.. Алло!.. Вы меня слышите, капитан?..
Слышу, слышу... Можете начинать... Я теперь ко всему готов!
Прекрасно!.. До скорой встречи!.. Желаю удачи!..
Спасибо!
По правде говоря, мне что-то страшновато!..

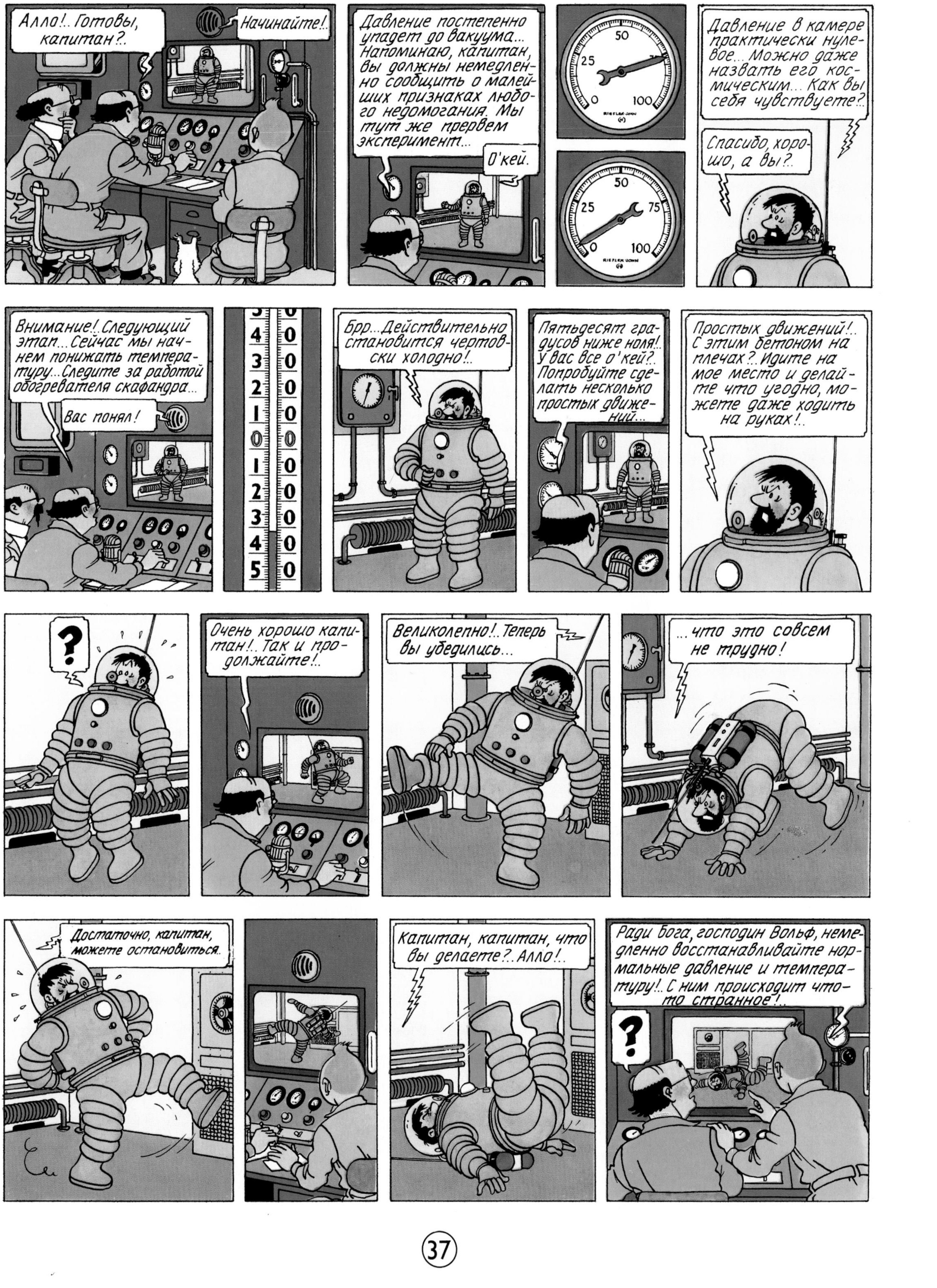
Алло!.. Готовы, капитан?..
Начинайте!..
Давление постепенно упадет до вакуума... Напоминаю, капитан, вы должны немедленно сообщить о малейших признаках любого недомогания. Мы тут же прервем эксперимент...
О'кей.
Давление в камере практически нулевое... Можно даже назвать его космическим... Как вы себя чувствуете?..
Спасибо, хорошо, а вы?..
Внимание!.. Следующий этап... Сейчас мы начнем понижать температуру... Следите за работой обогревателя скафандра...
Вас понял!
Брр... Действительно становится чертовски холодно!..
Пятьдесят градусов ниже ноля!.. У вас все о'кей?.. Попробуйте сделать несколько простых движений...
Простых движений!.. С этим бетоном на плечах?.. Идите на мое место и делайте что угодно, можете даже ходить на руках!..
?
Очень хорошо капитан!.. Так и продолжайте!..
Великолепно!.. Теперь вы убедились...
...что это совсем не трудно!
Достаточно, капитан, можете остановиться.
Капитан, капитан, что вы делаете?.. Алло!..
Ради бога, господин Вольф, немедленно восстанавливайте нормальные давление и температуру!.. С ним происходит что-то странное!..
?

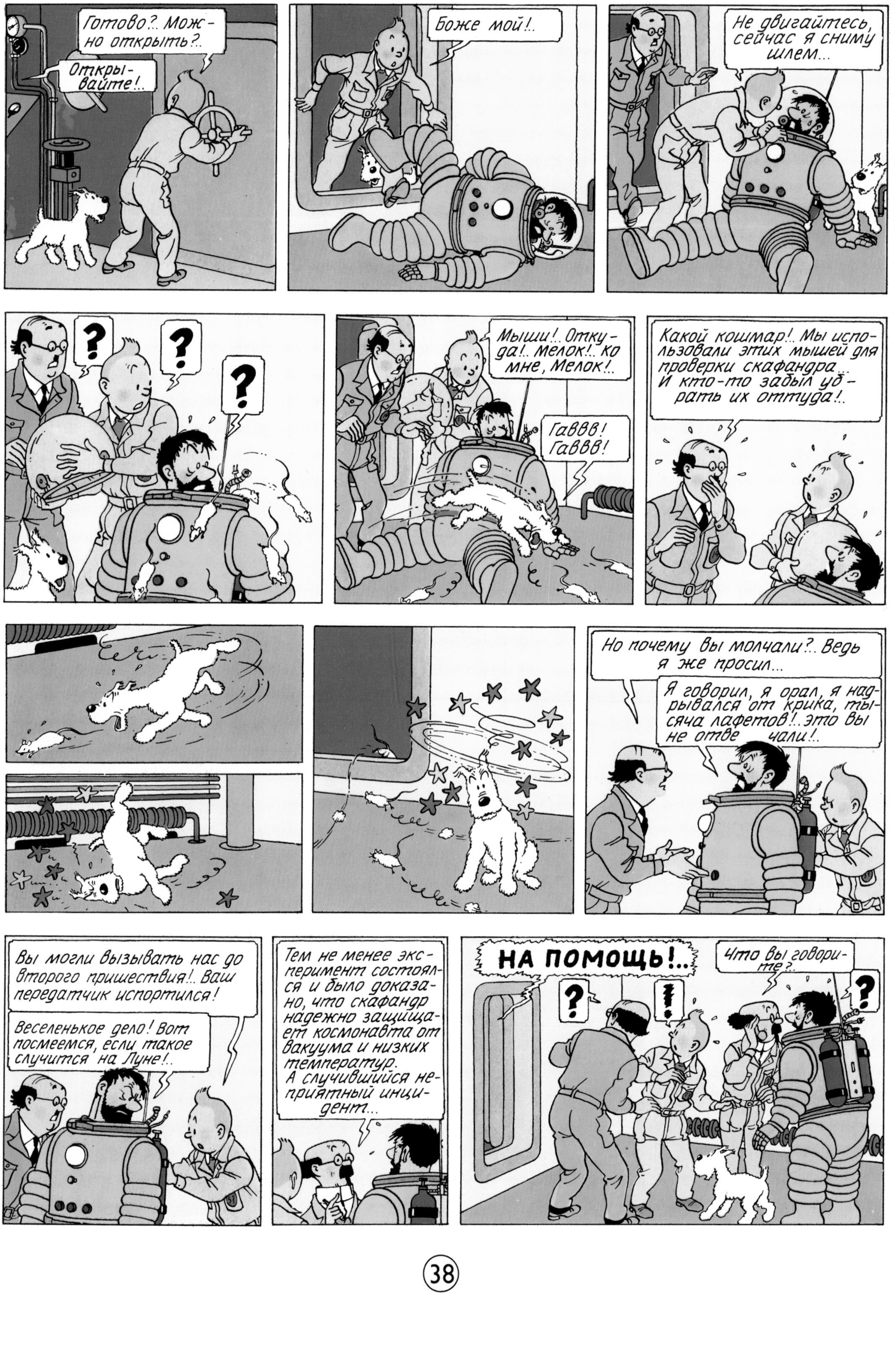

Готово?.. Можно открыть?..
Открывайте!..
Боже мой!..
Не двигайтесь, сейчас я сниму шлем...
?
?
?
Мыши!.. Откуда!.. Мелок!.. ко мне, Мелок!..
Гаввв! Гаввв!
Какой кошмар!.. Мы использовали этих мышей для проверки скафандра... И кто-то забыл убрать их оттуда!..
Но почему вы молчали?.. Ведь я же просил...
Я говорил, я орал, я надрывался от крика, тысяча лафетов!.. это вы не отвечали!..
Вы могли вызывать нас до второго пришествия!.. Ваш передатчик испортился!
Веселенькое дело! Вот посмеемся, если такое случится на Луне!..
Тем не менее эксперимент состоялся и было доказано, что скафандр надежно защищает космонавта от вакуума и низких температур. А случившийся неприятный инцидент...
НА ПОМОЩЬ!..
Что вы говорите?..
?
!
?

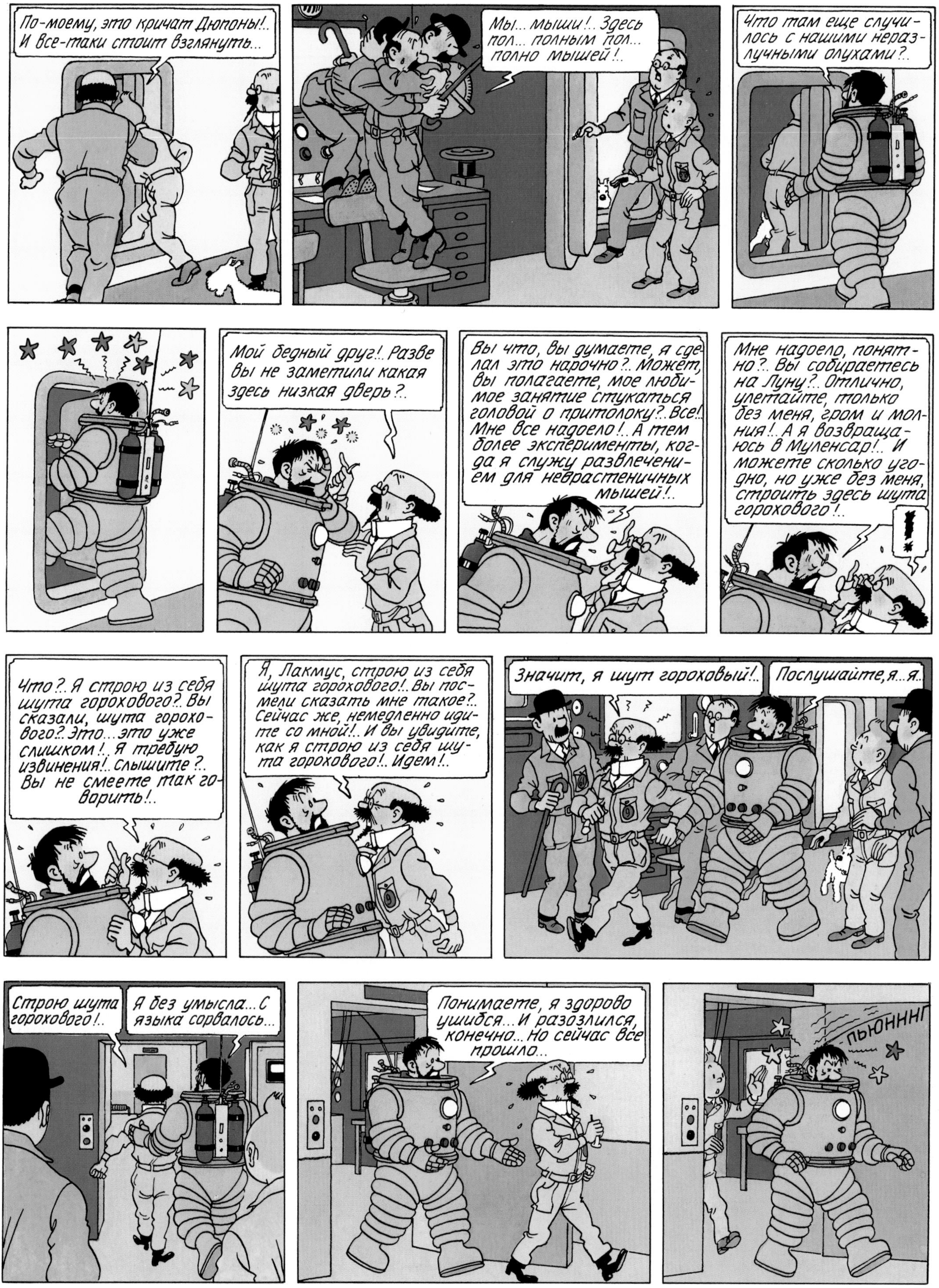
По-моему, это кричат Дюпоны!.. И все-таки стоит взглянуть...
Мы... мыши!.. Здесь пол... полным пол... полно мышей!..
Что там еще случилось с нашими неразлучными олухами?..
Мой бедный друг!.. Разве вы не заметили какая здесь низкая дверь?..
Вы что, вы думаете, я сделал это нарочно?.. Может, вы полагаете, мое любимое занятие стукаться головой о притолоку?.. Все!.. Мне все надоело!.. А тем более эксперименты, когда я служу развлечением для неврастеничных мышей!..
Мне надоело, понятно?.. Вы собираетесь на Луну?.. Отлично, улетайте, только без меня, гром и молния!.. А я возвращаюсь в Муленсар!.. И можете сколько угодно, но уже без меня, строить здесь шута горохового!..
Что?.. Я строю из себя шута горохового?.. Вы сказали, шута горохового?.. Это... это уже слишком!.. Я требую извинения!.. Слышите?.. Вы не смеете так говорить!..
Я, Лакмус, строю из себя шута горохового!.. Вы посмели сказать мне такое?.. Сейчас же, немедленно идите со мной!.. И вы увидите, как я строю из себя шута горохового!.. Идем!..
Значит, я шут гороховый!..
Послушайте, я... я..
Строю шута горохового!..
Я без умысла... С языка сорвалось...
Понимаете, я здорово ушибся... И разозлился, конечно... Но сейчас все прошло...
ПЬЮНННГ

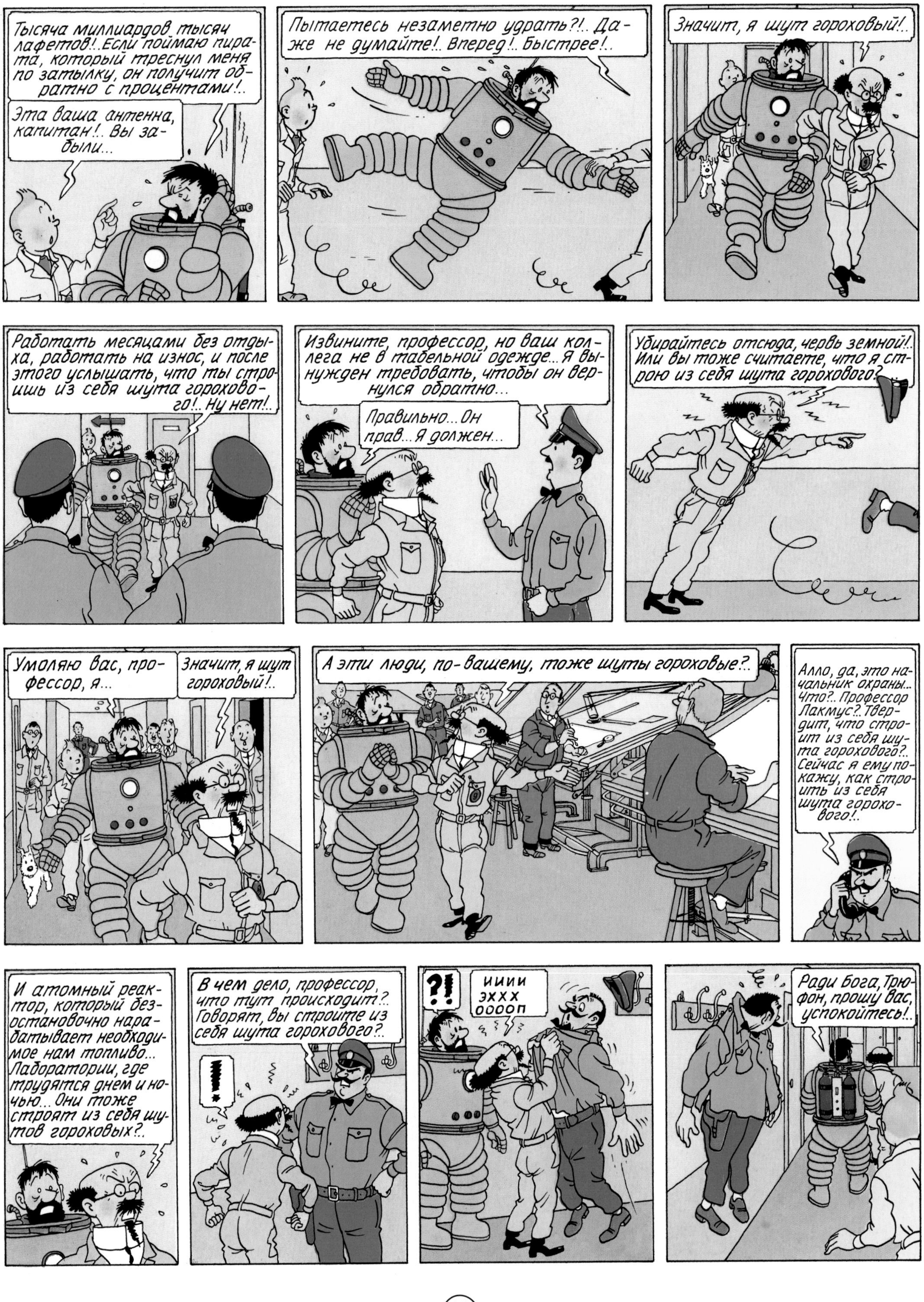
Тысяча миллиардов тысяч лафетов!.. Если поймаю пирата, который треснул меня по затылку, он получит обратно с процентами!..
Эта ваша антенна, капитан!.. Вы забыли...
Пытаетесь незаметно удрать?!.. Даже не думайте!.. Вперед!.. Быстрее!..
Значит, я шут гороховый!..
Работать месяцами без отдыха, работать на износ, и после этого услышать, что ты строишь из себя шута горохового!.. Ну нет!..
Извините, профессор, но ваш коллега не в табельной одежде... Я вынужден требовать, чтобы он вернулся обратно...
Правильно... Он прав... Я должен...
Убирайтесь отсюда, червь земной!.. Или вы тоже считаете, что я строю из себя шута горохового?..
Умоляю вас, профессор, я...
Значит, я шут гороховый!..
А эти люди, по-вашему, тоже шуты гороховые?..
Алло, да, это начальник охраны... Что?.. Профессор Лакмус?.. Твердит, что строит из себя шута горохового?.. Сейчас я ему покажу, как строить из себя шута горохового!..
И атомный реактор, который безостановочно нарабатывает необходимое нам топливо... Лаборатории, где трудятся днем и ночью... Они тоже строят из себя шутов гороховых?..
В чем дело, профессор, что тут происходит?.. Говорят, Вы строите из себя шута горохового?..
?!
ИИИИ ЭХХХ ООООП
Ради Бога, Трюфон, прошу вас, успокойтесь!..

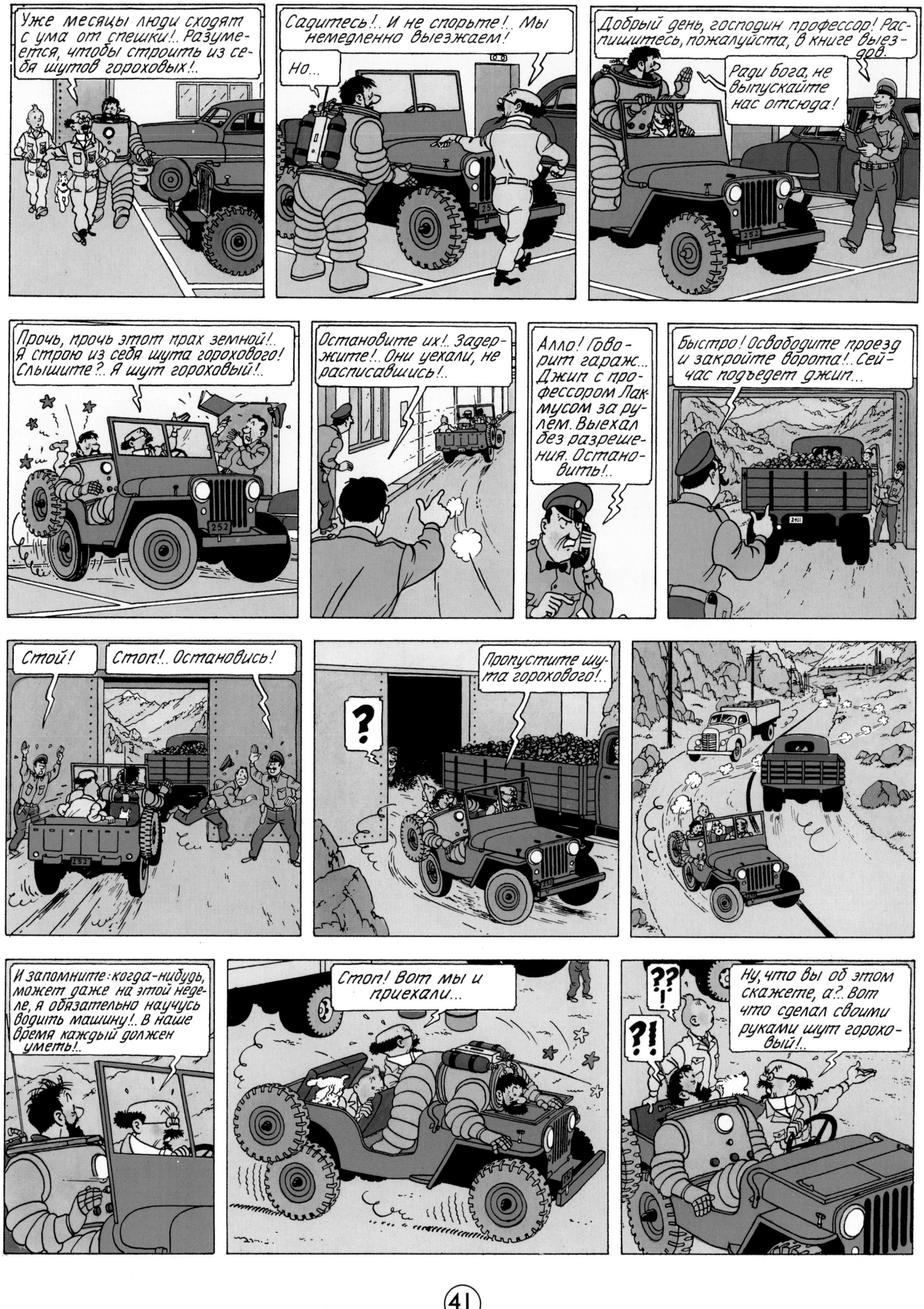
Уже месяцы люди сходят с ума от спешки!.. Разумеется, чтобы строить из себя шутов гороховых!..
Садитесь!.. И не спорьте!.. Мы немедленно выезжаем!
Но...
Добрый день, господин профессор! Распишитесь, пожалуйста, в книге выездов.
Ради бога, не выпускайте нас отсюда!
Прочь, прочь этот прах земной!.. Я строю из себя шута горохового! Слышите?.. Я шут гороховый!..
Остановите их!.. Задержите!.. Они уехали, не расписавшись!..
Алло! Говорит гараж... Джип с профессором Лакмусом за рулем. Выехал без разрешения. Остановить!..
Быстро! Освободите проезд и закройте ворота!.. Сейчас подъедет джип...
Стой!
Стоп!.. Остановись!
?
Пропустите шута горохового!..
И запомните: когда-нибудь, может даже на этой неделе, я обязательно научусь водить машину!.. В наше время каждый должен уметь!..
Стоп! Вот мы и приехали...
??!
?!
Ну, что вы об этом скажете, а?.. Вот что сделал своими руками шут гороховый!..

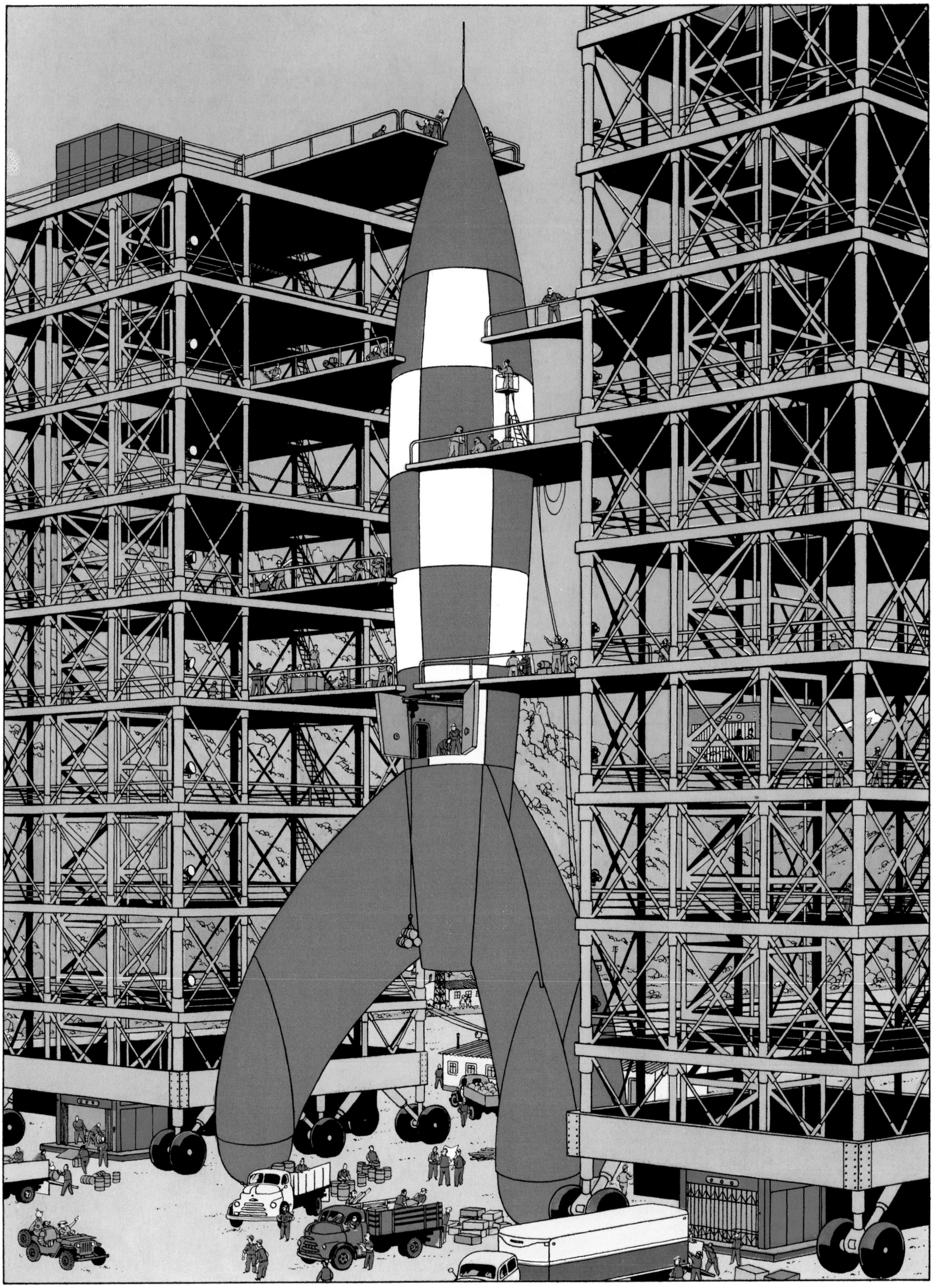

Молчите?. То-то же... И все это создал я, Трюфон Лакмус!. Ну как, вы по-прежнему считаете, что я строю из себя шута горохового?..

И на этой... этой штуковине вы надеетесь взлететь с Земли?..

Именно!. Именно на этой, как вы изволили выразиться, штуковине мы с вами улетим на Луну!. Понятно?. Сейчас поднимемся, и вы осмотрите эту штуковину изнутри... И опустите, черт бы вас побрал, антенну!.

ПОДЪЕМНИК!

Бедный Лакмус, у него, должно быть, заклепки разъехались!. Как может такой монумент взлететь?. Это ж как играть на корнет-а-пистоне перед эйфелевой башней, ожидая, что она начнет отплясывать самбу!..

Нет, невозможно... Видите? Она без подпорок и стоять не может!.

Гонщик безмозглый!. Скотина!. Чертов лихач! Циклотрон!..

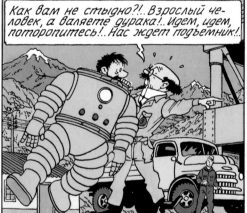

Как вам не стыдно?!. Взрослый человек, а валяете дурака!. Идем, идем, поторопитесь!.. Нас ждет подъемник!

Входите!. Чего вы ждете?..

Вы... вы... а вы уверены, что эта штуковина случайно не взлетит?..

Тем временем...

Алло!. Да... Мы только что получили сообщение от нашего нового агента... Запуск состоится через месяц, 3 июня, в 14 час 34 минуты... Да... Да... Хорошо... Пришлите мне полковника Йоргена...

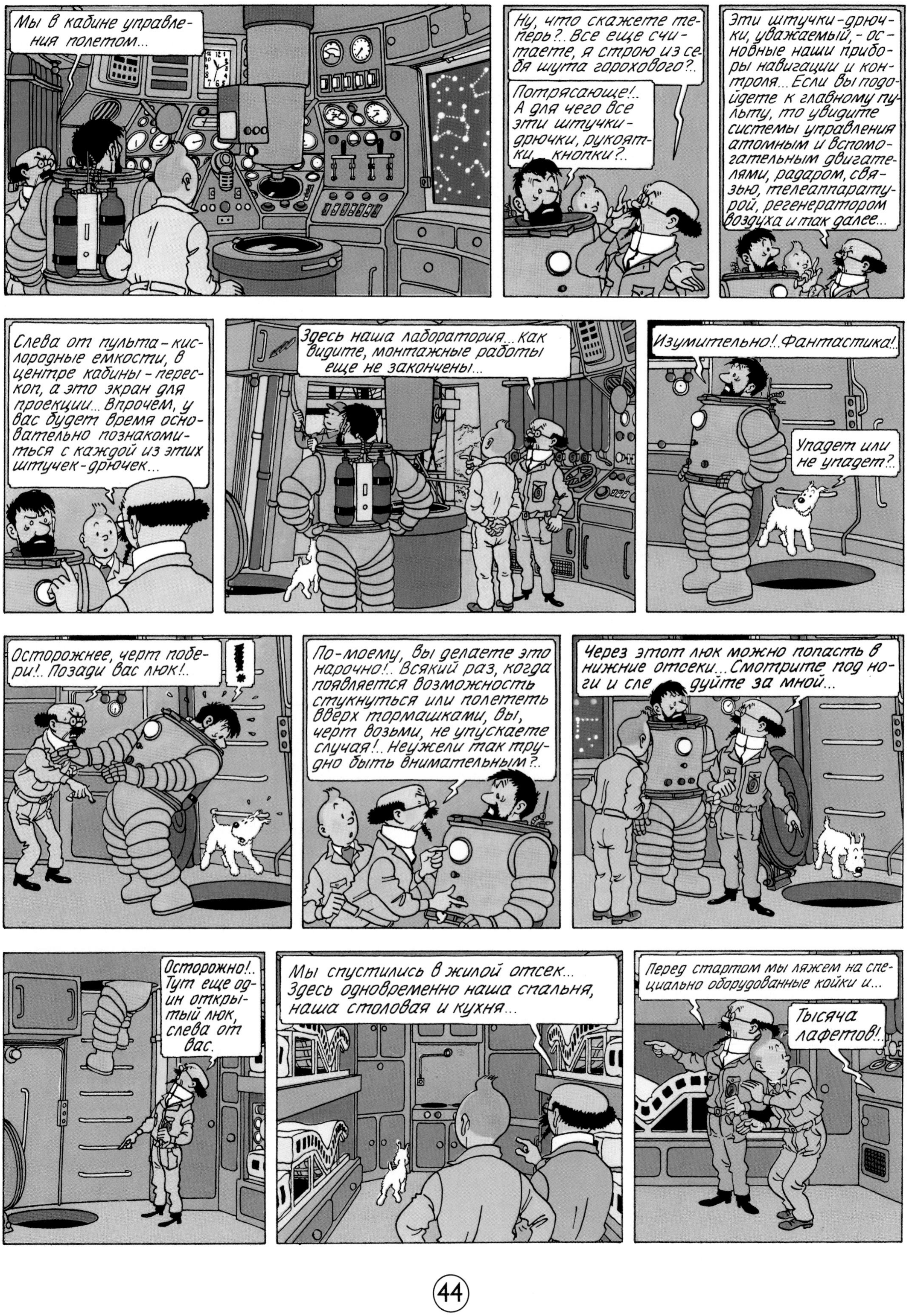
Мы в кабине управления полетом...
Ну, что скажете теперь?.. Все еще считаете, я строю из себя шута горохового?..
Потрясающе!.. А для чего все эти штучки-дрючки, рукоятки, кнопки?..
Эти штучки-дрючки, уважаемый, - основные наши приборы навигации и контроля... Если вы подойдете к главному пульту, то увидите системы управления атомным и вспомогательным двигателями, радаром, связью, телеаппаратурой, регенератором воздуха и так далее...
Слева от пульта - кислородные емкости, в центре кабины - перескоп, а это экран для проекции... Впрочем, у вас будет время основательно познакомиться с каждой из этих штучек-дрючек...
Здесь наша лаборатория... как видите, монтажные работы еще не закончены...
Изумительно!.. Фантастика!..
Упадет или не упадет?..
Осторожнее, черт побери!.. Позади вас люк!..
!
По-моему, вы делаете это нарочно!.. Всякий раз, когда появляется возможность стукнуться или полететь вверх тормашками, вы, черт возьми, не упускаете случая!.. Неужели так трудно быть внимательным?..
Через этот люк можно попасть в нижние отсеки... Смотрите под ноги и следуйте за мной...
Осторожно!.. Тут еще один открытый люк, слева от вас.
Мы спустились в жилой отсек... Здесь одновременно наша спальня, наша столовая и кухня...
Перед стартом мы ляжем на специально оборудованные койки и...
Тысяча лафетов!..

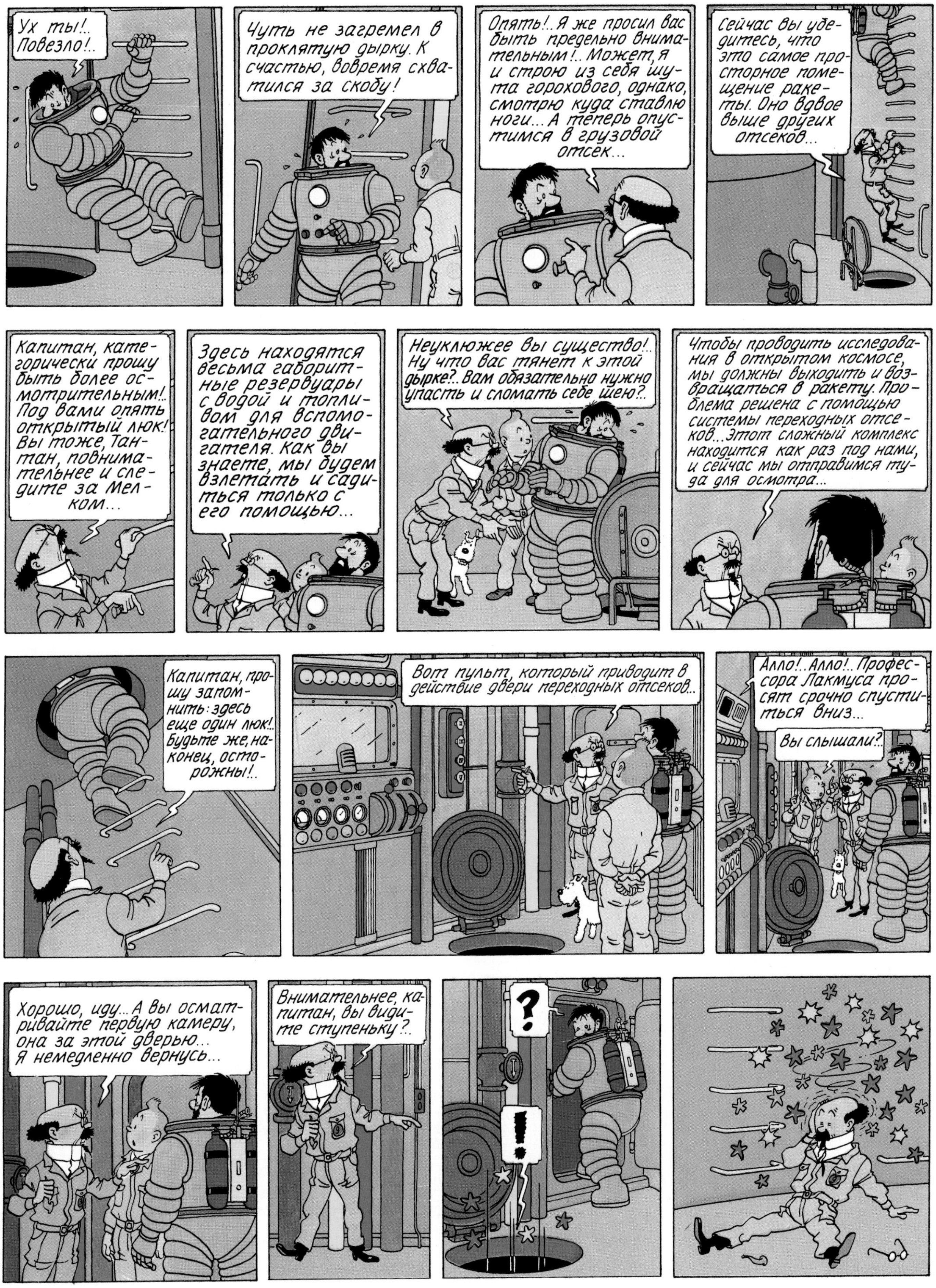
Ух ты!.. Повезло!..
Чуть не загремел в проклятую дырку. К счастью, вовремя схватился за скобу!
Опять!.. Я же просил вас быть предельно внимательным!.. Может, я и строю из себя шута горохового, однако, смотрю куда ставлю ноги... А теперь опустимся в грузовой отсек...
Сейчас вы убедитесь, что это самое просторное помещение ракеты. Оно вдвое выше других отсеков...
Капитан, категорически прошу быть более осмотрительным!.. Под вами опять открытый люк! Вы тоже, Тантан, повнимательнее и следите за Мелком...
Здесь находятся весьма габоритные резервуары с водой и топливом для вспомогательного двигателя. Как вы знаете, мы будем взлетать и садиться только с его помощью...
Неуклюжее вы существо!.. Ну что вас тянет к этой дырке?.. Вам обязательно нужно упасть и сломать себе шею?..
Чтобы проводить исследования в открытом космосе, мы должны выходить и возвращаться в ракету. Проблема решена с помощью системы переходных отсеков... Этот сложный комплекс находится как раз под нами, и сейчас мы отправимся туда для осмотра...
Капитан, прошу запомнить: здесь еще один люк!.. Будьте же, наконец, осторожны!..
Вот пульт, который приводит в действие двери переходных отсеков...
Алло!.. Алло!.. Профессора Лакмуса просят срочно спуститься вниз...
Вы слышали?..
Хорошо, иду... А вы осматривайте первую камеру, она за этой дверью... Я немедленно вернусь...
Внимательнее, капитан, вы видите ступеньку?..
?
!

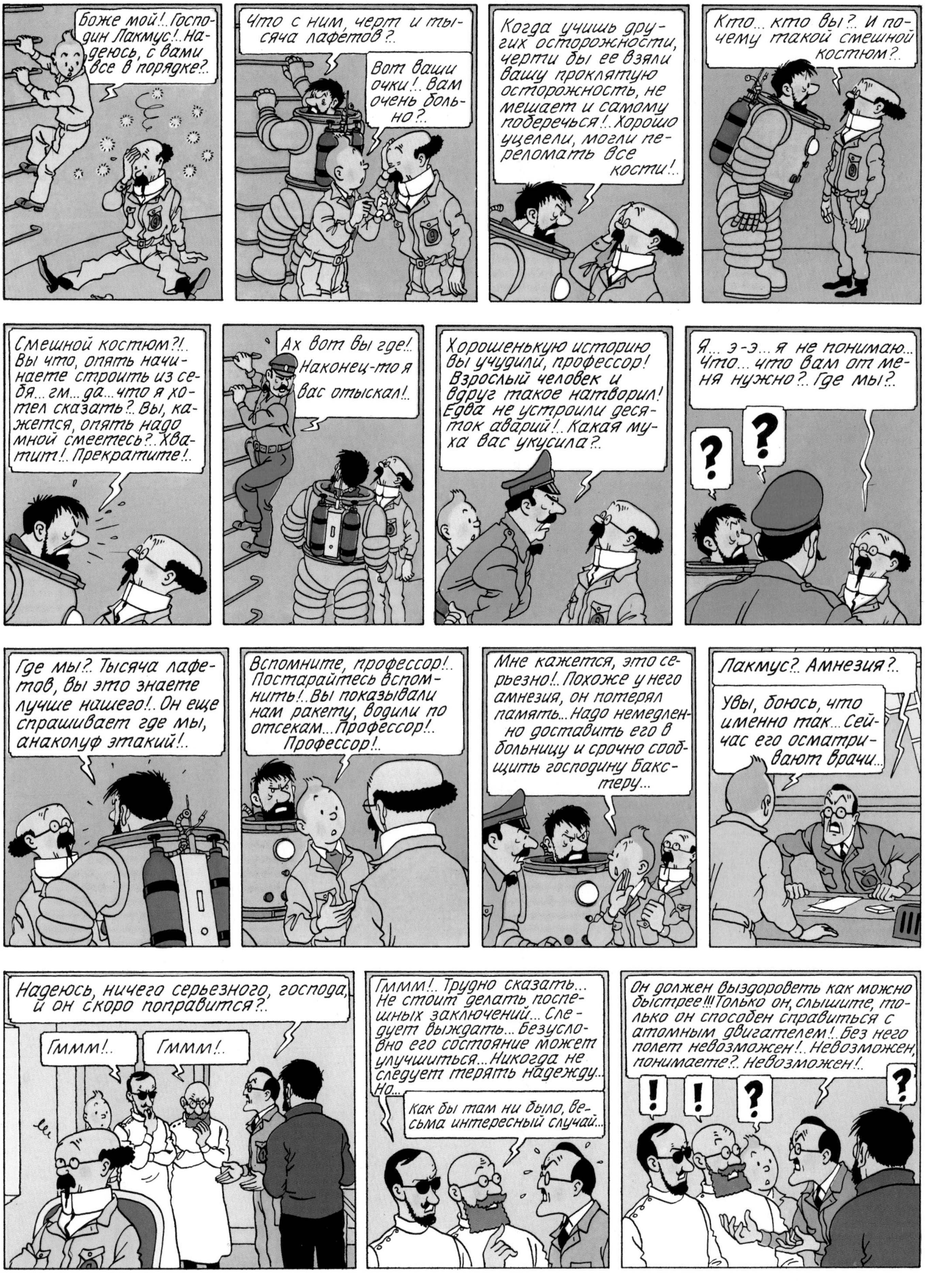
Боже мой!.. Господин Лакмус!.. Надеюсь, с вами все в порядке?..
Что с ним, черт и тысяча лафетов?..
Вот ваши очки!.. Вам очень больно?..
Когда учишь других осторожности, черти бы ее взяли вашу проклятую осторожность, не мешает и самому поберечься!.. Хорошо уцелели, могли переломать все кости!..
Кто... кто вы?.. И почему такой смешной костюм?..
Смешной костюм?!.. Вы что, опять начинаете строить из себя... гм... да... что я хотел сказать?.. Вы, кажется, опять надо мной смеетесь?.. Хватит!.. Прекратите!..
Ах вот вы где!.. Наконец-то я вас отыскал!..
Хорошенькую историю вы учудили, профессор! Взрослый человек и вдруг такое натворил! Едва не устроили десяток аварий!.. Какая муха вас укусила?..
Я... э-э... я не понимаю... Что... что вам от меня нужно?.. Где мы?..
?
?
Где мы?.. Тысяча лафетов, вы это знаете лучше нашего!.. Он еще спрашивает где мы, анаколуф этакий!..
Вспомните, профессор!.. Постарайтесь вспомнить!.. Вы показывали нам ракету, водили по отсекам... Профессор!.. Профессор!..
Мне кажется, это серьезно!.. Похоже у него амнезия, он потерял память... Надо немедленно доставить его в больницу и срочно сообщить господину Бакстеру...
Лакмус?.. Амнезия?..
Увы, боюсь, что именно так... Сейчас его осматривают врачи...
Надеюсь, ничего серьезного, господа, и он скоро поправится?..
Гммм!..
Гммм!..
Гммм!.. Трудно сказать... Не стоит делать поспешных заключений... Следует выждать... Безусловно его состояние может улучшиться... Никогда не следует терять надежду... Но...
Как бы там ни было, весьма интересный случай...
Он должен выздороветь как можно быстрее!!! Только он, слышите, только он способен справиться с атомным двигателем!.. Без него полет невозможен!.. Невозможен, понимаете?.. Невозможен!..
!
!
?
?

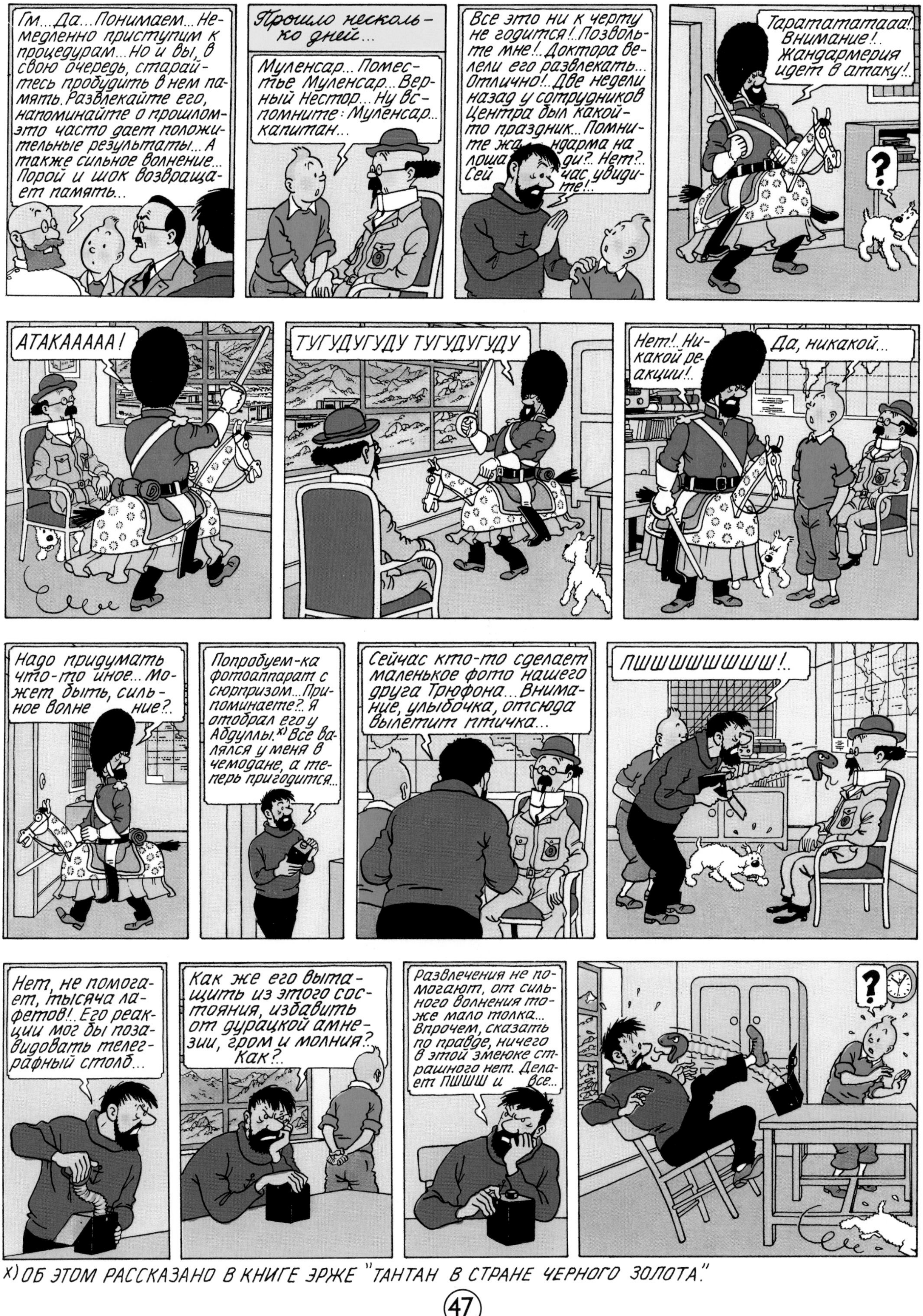

Гм... Да... Понимаем... Немедленно приступим к процедурам... Но и вы, в свою очередь, старайтесь пробудить в нем память. Развлекайте его, напоминайте о прошлом-это часто дает положительные результаты... А также сильное волнение... Порой и шок возвращает память...
Прошло несколько дней...
Муленсар... Поместье Муленсар... Верный Нестор... Ну вспомните: Муленсар... капитан...
Все это ни к черту не годится!.. Позвольте мне!.. Доктора велели его развлекать... Отлично!.. Две недели назад у сотрудников Центра был какой-то праздник... Помните жандарма на лошади?.. Нет?.. Сейчас увидите!..
Таратататааа!.. Внимание!.. Жандармерия идет в атаку!..
?
АТАКААААА!
ТУГУДУГУДУ ТУГУДУГУДУ
Нет!.. Никакой реакции!..
Да, никакой...
Надо придумать что-то иное... Может быть, сильное волнение?..
Попробуем-ка фотоаппарат с сюрпризом... Припоминаете?.. Я отобрал его у Абдуллы.x) Все валялся у меня в чемодане, а теперь пригодится...
Сейчас кто-то сделает маленькое фото нашего друга Трюфона... Внимание, улыбочка, отсюда вылетит птичка...
ПШШШШШШШШШ!..
Нет, не помогает, тысяча лафетов!.. Его реакции мог бы позавидовать телеграфный столб...
Как же его вытащить из этого состояния, избавить от дурацкой амнезии, гром и молния?.. Как?..
Развлечения не помогают, от сильного волнения тоже мало толка... Впрочем, сказать по правде, ничего в этой змеюке страшного нет. Делает ПШШШ и все...
?

x) ОБ ЭТОМ РАССКАЗАНО В КНИГЕ ЭРЖЕ "ТАНТАН В СТРАНЕ ЧЕРНОГО ЗОЛОТА".

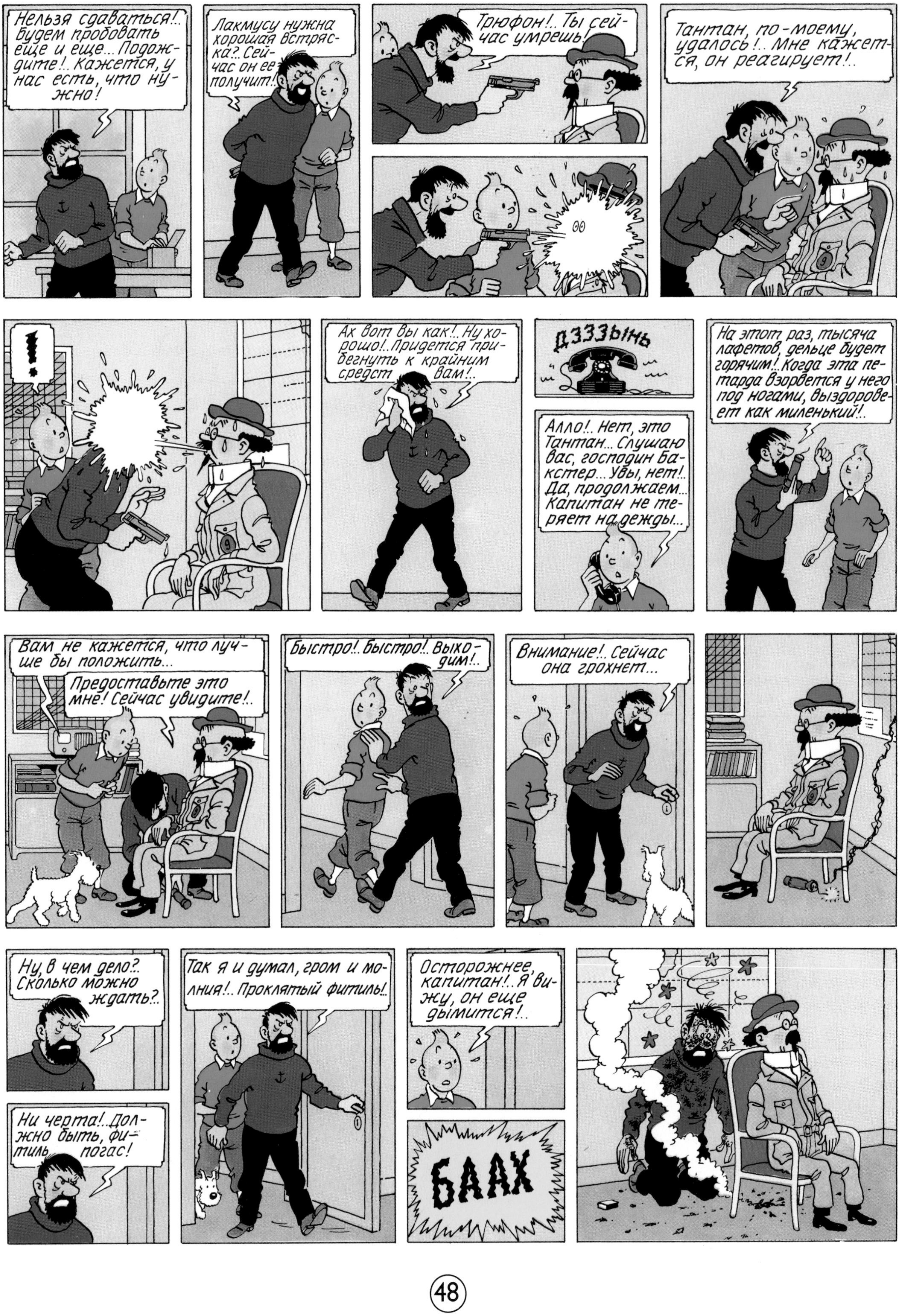
Нельзя сдаваться!.. Будем пробовать еще и еще... Подождите!.. Кажется, у нас есть, что нужно!
Лакмусу нужна хорошая встряска?.. Сейчас он ее получит!..
Трюфон!.. Ты сейчас умрешь!
Тантан, по-моему, удалось!.. Мне кажется, он реагирует!..
!
Ах вот вы как!.. Ну хорошо!.. Придется прибегнуть к крайним средствам!..
ДЗЗЗЫНЬ
Алло!.. Нет, это Тантан... Слушаю вас, господин Бакстер... Увы, нет!.. Да, продолжаем... Капитан не теряет надежды...
На этот раз, тысяча лафетов, дельце будет горячим!.. Когда эта петарда взорвется у него под ногами, выздоровеет как миленький!..
Вам не кажется, что лучше бы положить...
Предоставьте это мне! Сейчас увидите!..
Быстро!.. Быстро!.. Выходим!..
Внимание!.. Сейчас она грохнет...
Ну, в чем дело?.. Сколько можно ждать?..
Ни черта!.. Должно быть, фитиль погас!
Так я и думал, гром и молния!.. Проклятый фитиль!..
Осторожнее, капитан!.. Я вижу, он еще дымится!..
БААХ

Вечером этого дня...

Вам необходимы сильные волнения?.. Прекрасно, тысяча лафетов, сейчас получите изрядную порцию!..

Оуууу!.. Оуууу!.. Трепещи, несчастный, я белый призрак!..

Ха-ха-ха-ха-ха!.. Собирайся в дорогу, смертный, я отнесу тебя к дьяволуууу!..

?

Тысяча миллионов молний и грома!..

Тысяча лафетов!.. Кой черт меня дернуло нарядиться призраком?!..

А он все пялится на меня, экстракт желатины!.. Неужели так трудно хотя бы разок испугаться, старый вы сурок!..

Думаете мне нравится строить из себя шута горохового?!..

Никогда в жизни не стану связываться с потерявшими память!..

ШУТ ГОРОХОВЫЙ!.. Я?!..

Шут гороховый!.. Вы посмели обозвать меня шутом гороховым?.. Ну нет, вам это даром не пройдет!.. Извинитесь!..

Вы слышите?.. Немедленно извинитесь!.. Немедленно!..

На помощь!.. На помощь!.. Он выздоровел!..

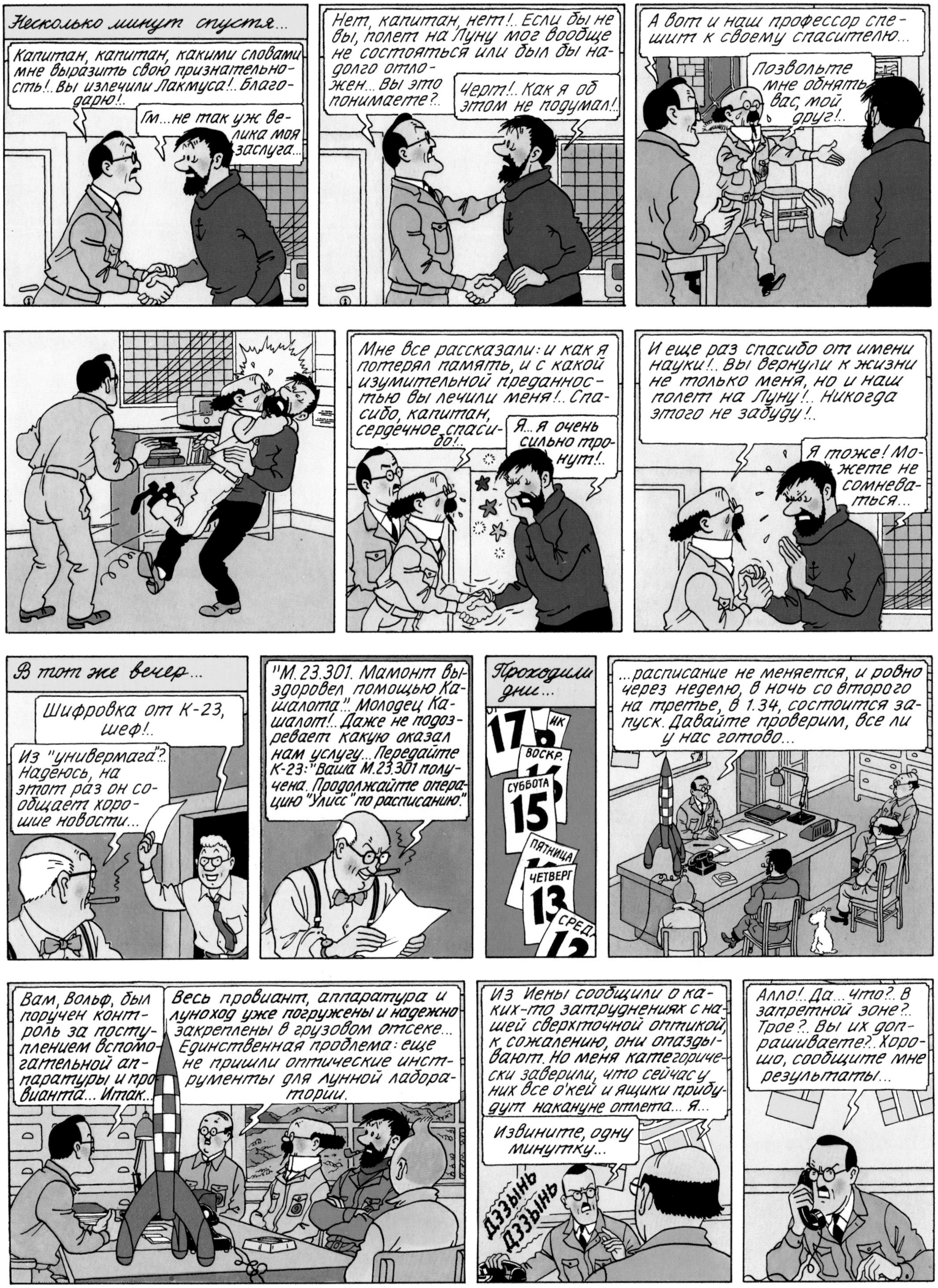
Несколько минут спустя...
Капитан, капитан, какими словами мне выразить свою признательность!.. Вы излечили Лакмуса!.. Благодарю!..
Гм... не так уж велика моя заслуга...
Нет, капитан, нет!.. Если бы не вы, полет на Луну мог вообще не состояться или был бы надолго отложен... Вы это понимаете?..
Черт!.. Как я об этом не подумал!..
А вот и наш профессор спешит к своему спасителю...
Позвольте мне обнять вас, мой друг!..
Мне все рассказали: и как я потерял память, и с какой изумительной преданностью вы лечили меня!.. Спасибо, капитан, сердечное спасибо!..
Я... я очень сильно тронут!..
И еще раз спасибо от имени науки!.. Вы вернули к жизни не только меня, но и наш полет на Луну!.. Никогда этого не забуду!..
Я тоже! Можете не сомневаться...
В тот же вечер...
Шифровка от К-23, шеф!..
Из "универмага"?.. Надеюсь, на этот раз он сообщает хорошие новости...
"М.23.301. Мамонт выздоровел помощью Кашалота." Молодец Кашалот!.. Даже не подозревает какую оказал нам услугу... Передайте К-23: "Ваша М.23.301 получена. Продолжайте операцию "Улисс" по расписанию."
Проходили дни...
17
ВОСКР.
СУББОТА
15
ПЯТНИЦА
ЧЕТВЕРГ
13
...расписание не меняется, и ровно через неделю, в ночь со второго на третье, в 1.34, состоится запуск. Давайте проверим, все ли у нас готово...
Вам, Вольф, был поручен контроль за поступлением вспомогательной аппаратуры и провианта... Итак...
Весь провиант, аппаратура и луноход уже погружены и надежно закреплены в грузовом отсеке... Единственная проблема: еще не пришли оптические инструменты для лунной лаборатории.
Из Иены сообщили о каких-то затруднениях с нашей сверхточной оптикой, к сожалению, они опаздывают. Но меня категорически заверили, что сейчас у них все о'кей и ящики прибудут накануне отлета... Я...
Извините, одну минутку...
ДЗЗЫНЬ ДЗЗЫНЬ
Алло!.. Да... что?.. В запретной зоне?.. Трое?.. Вы их допрашиваете?.. Хорошо, сообщите мне результаты...

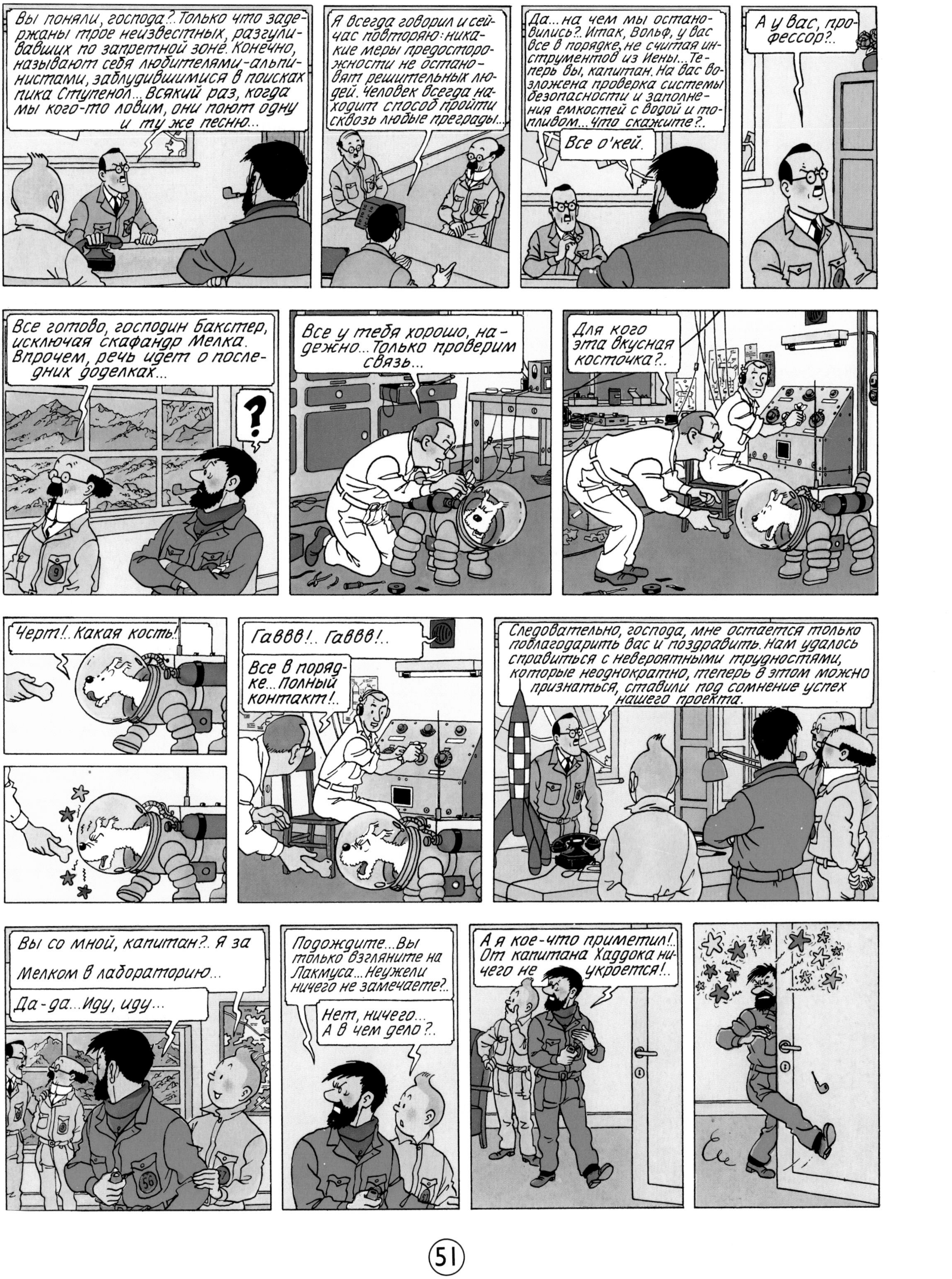
Вы поняли, господа?.. Только что задержаны трое неизвестных, разгуливавших по запретной зоне. Конечно, называют себя любителями-альпинистами, заблудившимися в поисках пика Ступенол... Всякий раз, когда мы кого-то ловим, они поют одну и ту же песню...
Я всегда говорил и сейчас повторяю: никакие меры предосторожности не остановят решительных людей. Человек всегда находит способ пройти сквозь любые преграды...
Да... на чем мы остановились?.. Итак, Вольф, у вас все в порядке, не считая инструментов из Иены... Теперь вы, капитан. На вас возложена проверка системы безопасности и заполнения емкостей с водой и топливом... Что скажите?..
Все о'кей.
А у вас, профессор?..
Все готово, господин Бакстер, исключая скафандр Мелка. Впрочем, речь идет о последних доделках...
?
Все у тебя хорошо, надежно... Только проверим связь...
Для кого эта вкусная косточка?..
Черт!.. Какая кость!..
Гаввв!.. Гаввв!..
Все в порядке... Полный контакт!..
Следовательно, господа, мне остается только поблагодарить вас и поздравить. Нам удалось справиться с невероятными трудностями, которые неоднократно, теперь в этом можно признаться, ставили под сомнение успех нашего проекта.
Вы со мной, капитан?.. Я за Мелком в лабораторию...
Да-да... Иду, иду...
Подождите... Вы только взгляните на Лакмуса... Неужели ничего не замечаете?..
Нет, ничего... А в чем дело?..
А я кое-что приметил!.. От капитана Хаддока ничего не укроется!..

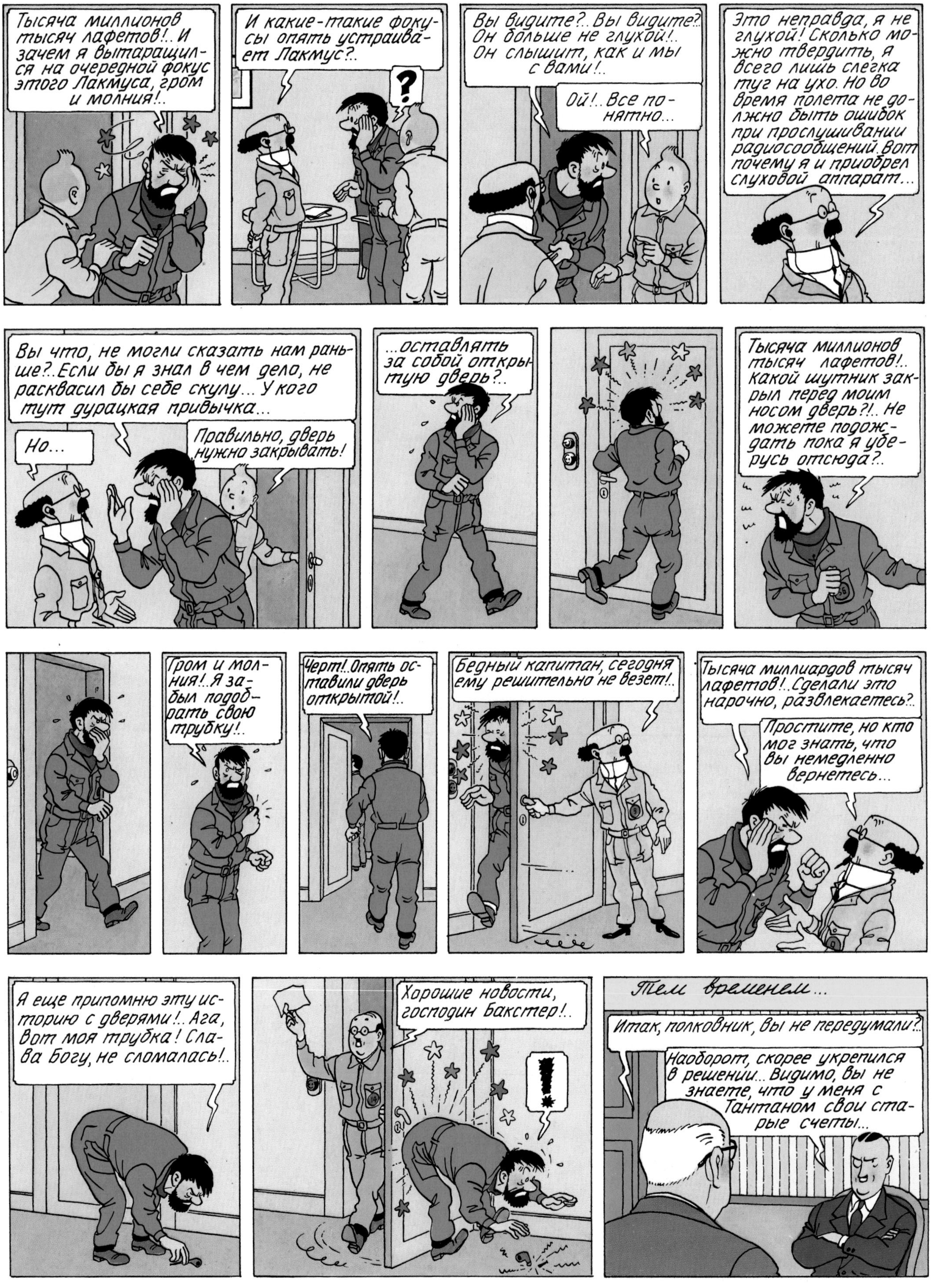
Тысяча миллионов тысяч лафетов!.. И зачем я вытаращился на очередной фокус этого Лакмуса, гром и молния!..
И какие-такие фокусы опять устраивает Лакмус?..
?
Вы видите?.. Вы видите? Он больше не глухой!.. Он слышит, как и мы с вами!..
Ой!.. Все понятно...
Это неправда, я не глухой! Сколько можно твердить, я всего лишь слегка туг на ухо. Но во время полета не должно быть ошибок при прослушивании радиосообщений. Вот почему я и приобрел слуховой аппарат...
Вы что, не могли сказать нам раньше?.. Если бы я знал в чем дело, не расквасил бы себе скулу... У кого тут дурацкая привычка...
Но...
Правильно, дверь нужно закрывать!
...оставлять за собой открытую дверь?..
Тысяча миллионов тысяч лафетов!.. Какой шутник закрыл перед моим носом дверь?!.. Не можете подождать пока я уберусь отсюда?..
Гром и молния!.. Я забыл подобрать свою трубку!..
Черт!.. Опять оставили дверь открытой!..
Бедный капитан, сегодня ему решительно не везет!..
Тысяча миллиардов тысяч лафетов!.. Сделали это нарочно, развлекаетесь?..
Простите, но кто мог знать, что вы немедленно вернетесь...
Я еще припомню эту историю с дверями!.. Ага, Вот моя трубка! Слава Богу, не сломалась!..
Хорошие новости, господин Бакстер!..
!
Тем временем...
Итак, полковник, вы не передумали?..
Наоборот, скорее укрепился в решении... Видимо, вы не знаете, что у меня с Тантаном свои старые счеты...

О каких новостях вы говорили, Вольф?..

Простите, господин Бакстер, отвлекся и забыл...

Пришла телеграмма из Иены: оптические инструменты прибудут в понедельник утром...

Прекрасно!.. Это действительно хорошая новость...

Вы возвращаетесь на космодром?..

Да, обязательно, нужно проследить за креплением грузов.

Подождите меня, пожалуйста, в гараже... Я принесу несколько маленьких пакетов, и вы поставите их в мой личный шкаф на борту ракеты...

Хорошо.

Через несколько минут...

А вот и я!.. Надеюсь, не заставил ждать?..

СТЕКЛО

Нет-нет... А что там в ящике, который несут за вами?..

Гм... Две или три бутылочки виски... Ведь наверху будет собачий холод, правильно?.. Вот я и принял меры предосторожности...

Крайне сожалею, капитан, но спиртные напитки категорически запрещены на борту. Конечно, мы берем с собой немного рома, но только на случай особой необходимости... А что у вас в пакете?..

Гм-гм... Немножко трубочного табака...

Очень жаль, капитан, но инструкции есть инструкции, и они строжайше запрещают курение во время полета. У нас вполне достаточно кислорода, но мы не можем расходовать его, постоянно регенерируя воздух из-за табачного дыма... Поверьте, я искренне вам сочувствую...

Ах вот как!.. Думаете, я полезу теперь в вашу летающую консервную банку?.. Никогда, слышите, никогда!.. Хватит, к черту, мне все надоело!.. Катитесь на Луну, на Марс, Юпитер, отправляйтесь на Большую Медведицу, куда угодно, мне все равно!..

Мое решение окончательно и бесповоротно: я остаюсь!.. Слыша ли?.. Остаюсь!..

СТЕКЛО

Что с вами, капитан?.. Вы, кажется, сердитесь?.. Что случилось?..

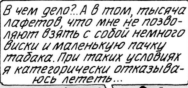

В чем дело?.. А в том, тысяча лафетов, что мне не позволяют взять с собой немного виски и маленькую пачку табака. При таких условиях я категорически отказываюсь лететь...

И никаких "если", никаких "но" и никаких "однако"!.. Я остаюсь и точка!.. Можете намотать это себе на ус!..

Вы абсолютно правы, капитан!..

?

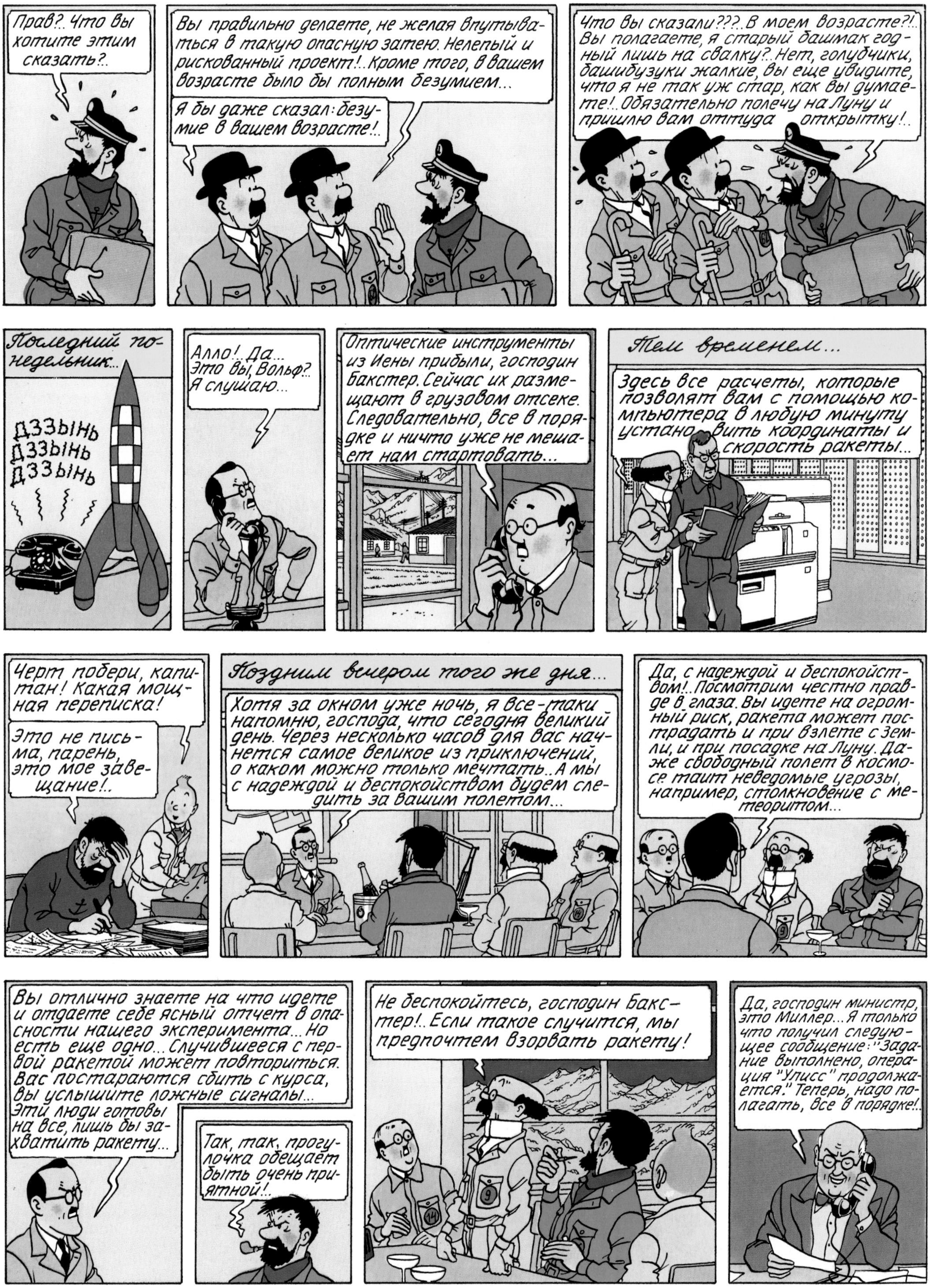
Прав?.. Что вы хотите этим сказать?..
Вы правильно делаете, не желая впутываться в такую опасную затею. Нелепый и рискованный проект!.. Кроме того, в вашем возрасте было бы полным безумием...
Я бы даже сказал: безумие в вашем возрасте!..
Что вы сказали???.. В моем возрасте?!.. Вы полагаете, я старый башмак годный лишь на свалку?.. Нет, голубчики, башибузуки жалкие, вы еще увидите, что я не так уж стар, как вы думаете!.. Обязательно полечу на Луну и пришлю вам оттуда открытку!..
Последний понедельник...
ДЗЗЫНЬ ДЗЗЫНЬ ДЗЗЫНЬ
Алло!.. Да... Это вы, Вольф?.. Я слушаю...
Оптические инструменты из Иены прибыли, господин Бакстер. Сейчас их размещают в грузовом отсеке. Следовательно, все в порядке и ничто уже не мешает нам стартовать...
Тем временем...
Здесь все расчеты, которые позволят вам с помощью компьютера в любую минуту установить координаты и скорость ракеты...
Черт побери, капитан! Какая мощная переписка!
Это не письма, парень, это мое завещание!..
Поздним вечером того же дня...
Хотя за окном уже ночь, я все-таки напомню, господа, что сегодня великий день. Через несколько часов для вас начнется самое великое из приключений, о каком можно только мечтать... А мы с надеждой и беспокойством будем следить за вашим полетом...
Да, с надеждой и беспокойством!.. Посмотрим честно правде в глаза. Вы идете на огромный риск, ракета может пострадать и при взлете с Земли, и при посадке на Луну. Даже свободный полет в космосе таит неведомые угрозы, например, столкновение с метеоритом...
Вы отлично знаете на что идете и отдаете себе ясный отчет в опасности нашего эксперимента... Но есть еще одно... Случившееся с первой ракетой может повториться. Вас постараются сбить с курса, вы услышите ложные сигналы...
Эти люди готовы на все, лишь бы захватить ракету...
Так, так, прогулочка обещает быть очень приятной!..
Не беспокойтесь, господин Бакстер!.. Если такое случится, мы предпочтем взорвать ракету!
Да, господин министр, это Миллер... Я только что получил следующее сообщение: "Задание выполнено, операция "Улисс" продолжается." Теперь, надо полагать, все в порядке!..

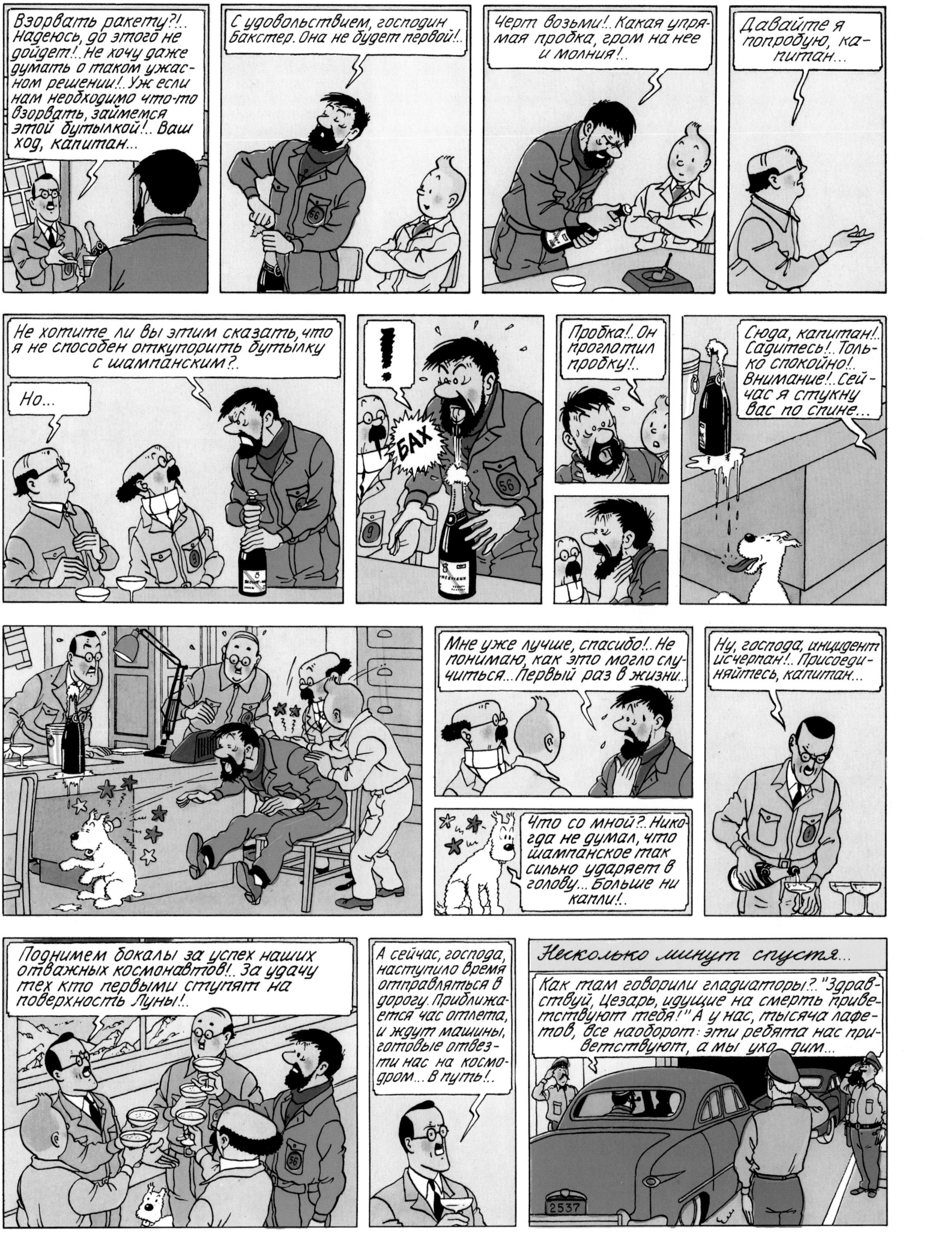

Взорвать ракету?!.. Надеюсь, до этого не дойдет!.. Не хочу даже думать о таком ужасном решении!.. Уж если нам необходимо что-то взорвать, займемся этой бутылкой!.. Ваш ход, капитан...
С удовольствием, господин Бакстер. Она не будет первой!..
Черт возьми!.. Какая упрямая пробка, гром на нее и молния!..
Давайте я попробую, капитан...
Не хотите ли вы этим сказать, что я не способен откупорить бутылку с шампанским?..
Но...
!!!
БАХ
Пробка!.. Он проглотил пробку!..
Сюда, капитан!.. Садитесь!.. Только спокойно!.. Внимание!.. Сейчас я стукну вас по спине...
Мне уже лучше, спасибо!.. Не понимаю, как это могло случиться... Первый раз в жизни...
Ну, господа, инцидент исчерпан!.. Присоединяйтесь, капитан...
Что со мной?.. Никогда не думал, что шампанское так сильно ударяет в голову... Больше ни капли!..
Поднимем бокалы за успех наших отважных космонавтов!.. За удачу тех кто первыми ступят на поверхность Луны!..
А сейчас, господа, наступило время отправляться в дорогу. Приближается час отлета, и ждут машины, готовые отвезти нас на космодром... В путь!..
Несколько минут спустя...
Как там говорили гладиаторы?.. "Здравствуй, Цезарь, идущие на смерть приветствуют тебя!" А у нас, тысяча лафетов, все наоборот: эти ребята нас приветствуют, а мы уходим...
2537

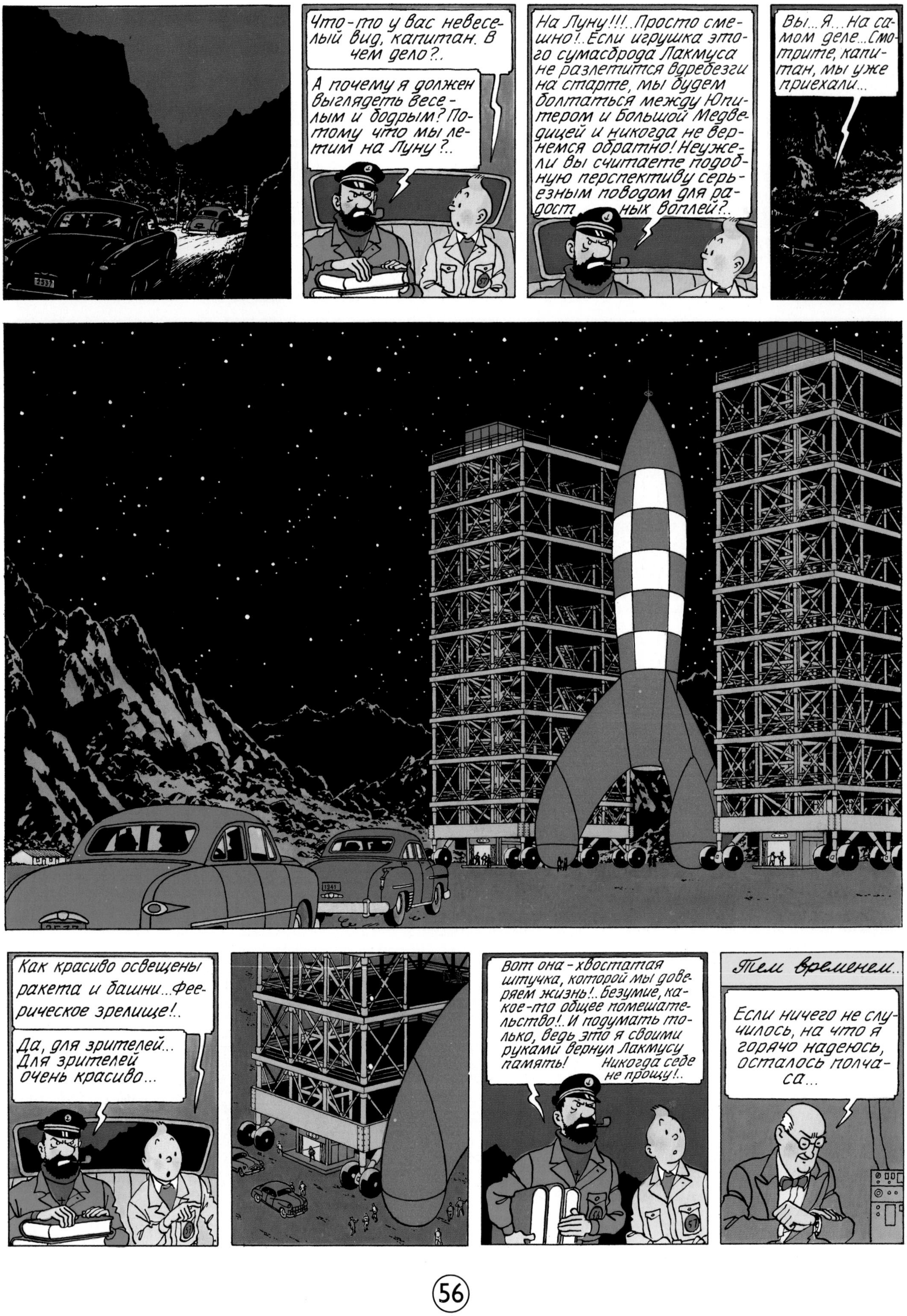

Что-то у вас невеселый вид, капитан. В чем дело?..
А почему я должен выглядеть веселым и бодрым? Потому что мы летим на Луну?..
На Луну!!!.. Просто смешно!.. Если игрушка этого сумасброда Лакмуса не разлетится вдребезги на старте, мы будем болтаться между Юпитером и Большой Медведицей и никогда не вернемся обратно! Неужели вы считаете подобную перспективу серьезным поводом для радостных воплей?..
Вы... Я... На самом деле... Смотрите, капитан, мы уже приехали...
Как красиво освещены ракета и башни... Феерическое зрелище!..
Да, для зрителей... Для зрителей очень красиво...
Вот она - хвостатая штучка, которой мы доверяем жизнь!.. Безумие, какое-то общее помешательство!.. И подумать только, ведь это я своими руками вернул Лакмусу память! Никогда себе не прощу!..
Тем временем...
Если ничего не случилось, на что я горячо надеюсь, осталось полчаса...

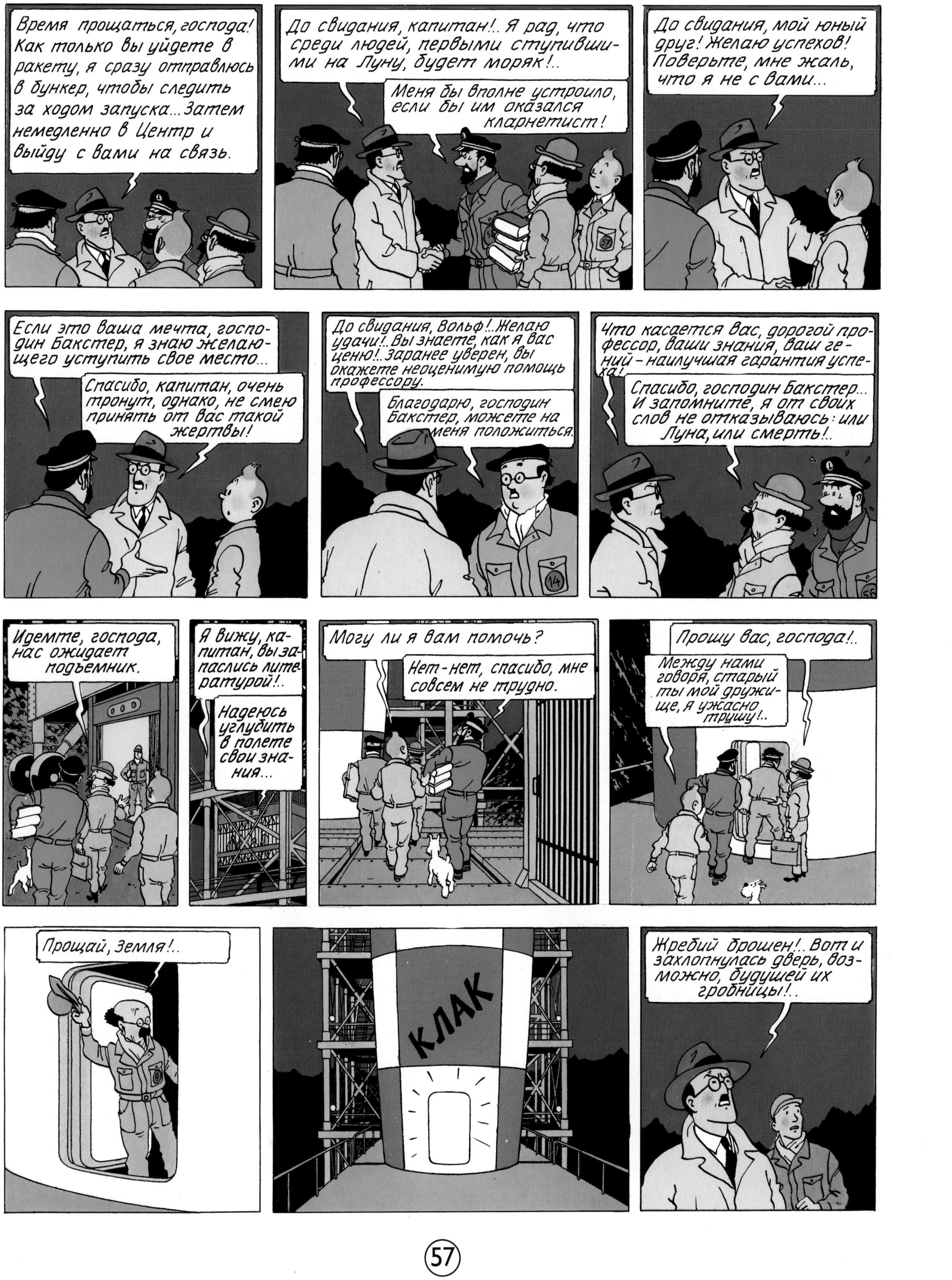
Время прощаться, господа! Как только вы уйдете в ракету, я сразу отправлюсь в бункер, чтобы следить за ходом запуска... Затем немедленно в Центр и выйду с вами на связь.
До свидания, капитан!.. Я рад, что среди людей, первыми ступившими на Луну, будет моряк!..
Меня бы вполне устроило, если бы им оказался кларнетист!
До свидания, мой юный друг! Желаю успехов! Поверьте, мне жаль, что я не с вами...
Если это ваша мечта, господин Бакстер, я знаю желающего уступить свое место...
Спасибо, капитан, очень тронут, однако, не смею принять от вас такой жертвы!
До свидания, Вольф!.. Желаю удачи!.. Вы знаете, как я вас ценю!.. Заранее уверен, вы окажете неоценимую помощь профессору.
Благодарю, господин Бакстер, можете на меня положиться.
Что касается вас, дорогой профессор, ваши знания, ваш гений – наилучшая гарантия успеха!
Спасибо, господин Бакстер... И запомните, я от своих слов не отказываюсь: или Луна, или смерть!..
Идемте, господа, нас ожидает подъемник.
Я вижу, капитан, вы запаслись литературой!..
Надеюсь углубить в полете свои знания...
Могу ли я вам помочь?
Нет-нет, спасибо, мне совсем не трудно.
Прошу вас, господа!..
Между нами говоря, старый ты мой дружище, я ужасно трушу!..
Прощай, Земля!..
КЛАК
Жребий брошен!.. Вот и захлопнулась дверь, возможно, будущей их гробницы!..

А теперь, господа, опять повторю этап за этапом... Мы идем к нашим койкам-амортизаторам и ложимся на живот. Напоминаю...

...такое положение помогает выдержать ускорение при взлете. Хотя по нашим расчетам ускорение обещает быть плавным, вполне возможна, а скорее всего неизбежна кратковременная потеря сознания. Я не вижу особых поводов для беспокойства, хотя, как знать...

На первом этапе взлета, продолжительность которого несколько неопределенна, управление ракетой будет автоматическим. Позднее, придя в себя, мы поднимемся в верхний отсек и перейдем на ручное управление...

Разойдемся по своим местам, господа, и проверим аппаратуру...

Алло!.. Алло!.. Говорит лунная ракета... Вы меня слышите, Земля?!..

Алло! Алло! Говорит Земля!.. Мы вас отлично слышим... Уж отводят монтажные башни!

А вы, Тантан, свяжитесь с Землей и поддерживайте с ними контакт...

Хорошо.

Алло! Алло! Говорит Земля... Приказывают срочно покинуть стартовую площадку...

Ясно.

Алло! Алло!.. Лунная ракета готова к взлету!..

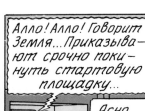

Внимание!.. Немедленно освободите территорию космодрома!..

Алло! Говорит Земля... Стартовая площадка свободна... Начинаем отсчет! Осталось двадцать две минуты!.. Вы готовы?

Алло! Алло! Говорит Земля... Осталось ровно двадцать минут...

Боже мой, как это ужасно!.. А вдруг я ошибся в расчетах! Катастрофа?!.. Нет, нет, это невозможно!.. И все же...

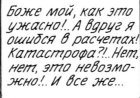

Осталось десять минут...

Осталось пять минут...

Ты многое повидал, Тантан, но, вроде бы, не устал от приключений... А вдруг это будет последним?!..

Осталось четыре минуты...

Мелок!.. Мелок!.. Иди ко мне и ложись!..

Ложиться?.. Это еще зачем?.. Я не устал...

Осталось три минуты...

Зачем я только ввязался в эту дикую затею?.. Сам...сам себя наказал: пыхтел, старался и вернул-таки память безумцу Лакмусу!!!

Осталось две минуты...

Что я наделал, что я наделал?!.. Ведь мог отказаться, мог отказаться...А теперь уже поздно, поздно, поздно...

Осталась одна минута...

Одна минута?.. О чем он говорит?..

Или-или, третьего не дано!.. Когда нажму на кнопку, ракета или взорвется, или взлетит!..

Внимание!.. Внимание!.. Приготовьтесь!.. Осталось тридцать секунд...

Двадцать секунд...

Откуда идут эти ровные глухие удары?..

БУУМ БУУМ БУУМ

С ума сойти!.. это стучит мое сердце!..

Внимание!.. Десять секунд...

Да, жребий действительно брошен! Лишь бы он выпал как предусмотрено!..

Девять... Восемь...Семь... Шесть... Пять... Четыре... Три... Два...Один... НОЛЬ...

Будь что будет! С богом!..

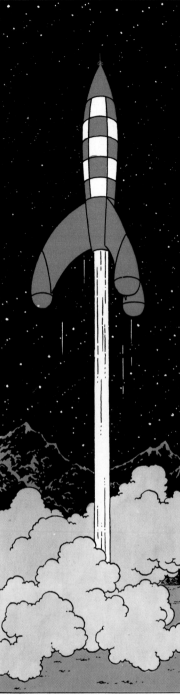

Ойй!.. Какая тяжесть!.. Меня расплющивает!..

Тысяча лафетов!.. Такое ощущение, словно на спину уселся слон!..

Вот и улетели!.. Должно быть, сразу же потеряли сознание... А теперь быстрее в Центр, на командный пункт!

Обсерватория вызывает командный пункт... Продолжаем наблюдение... Ракета следует расчетным курсом...

Обсерватория вызывает командный пункт... Ракета на высоте 800 километров. Только что отключился вспомогательный двигатель, и его автоматически заменил атомный.

Понял!.. Мы пытаемся с ними связаться, пока безуспешно...

Алло, алло, говорит Земля... говорит Земля... Вызываем лунную ракету... Отвечайте!.. Алло, алло, лунная ракета, отвечайте...

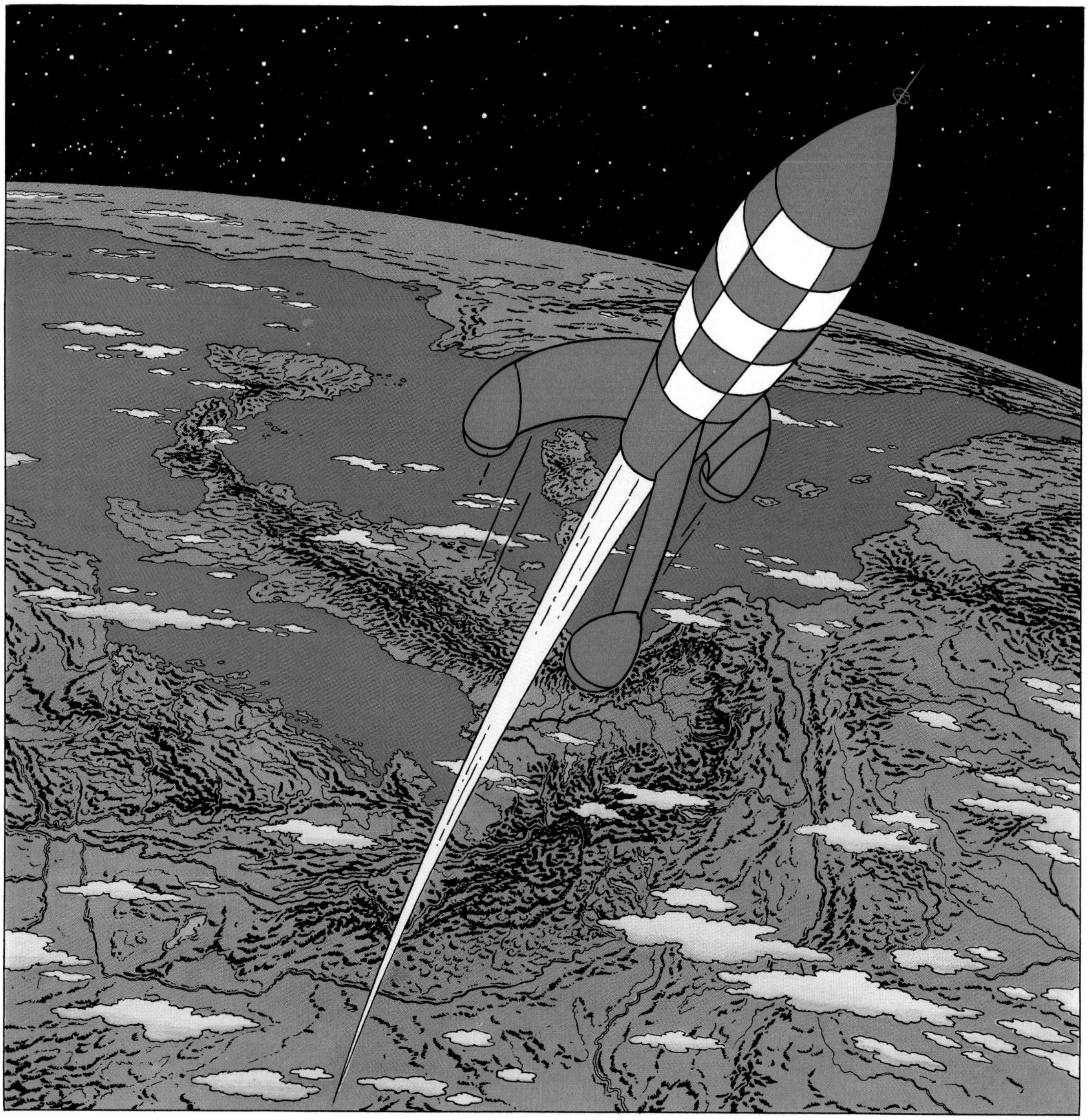

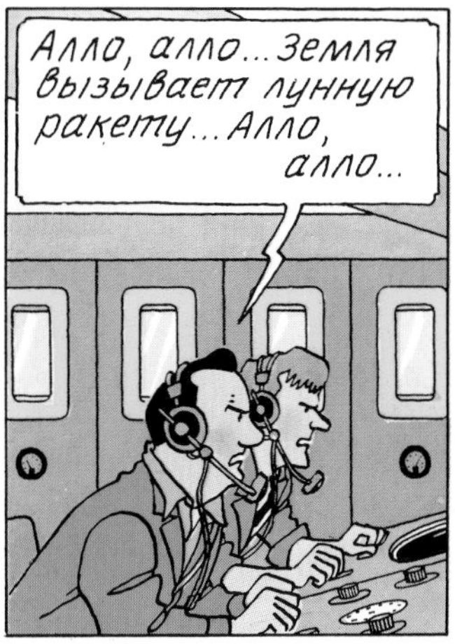
Алло, алло... Земля вызывает лунную ракету... Алло, алло...

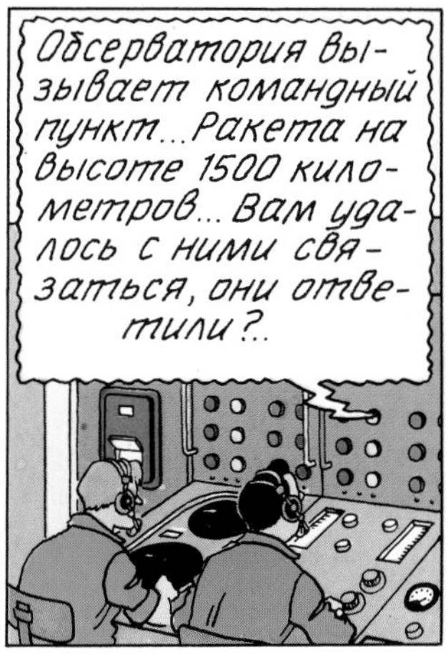
Обсерватория вызывает командный пункт... Ракета на высоте 1500 километров... Вам удалось с ними связаться, они ответили?..

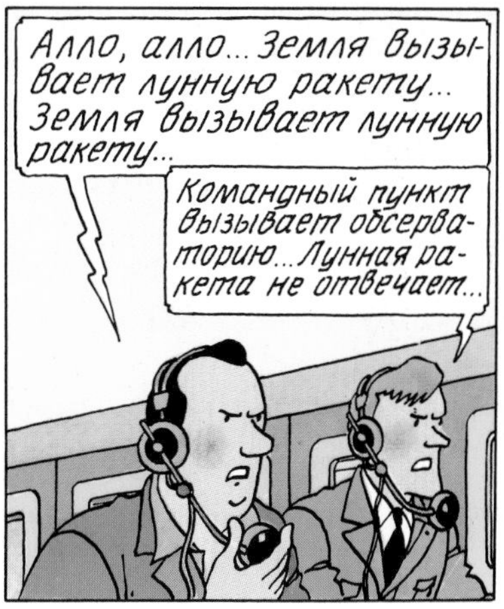
Алло, алло... Земля вызывает лунную ракету... Земля вызывает лунную ракету...
Командный пункт вызывает обсерваторию... Лунная ракета не отвечает...

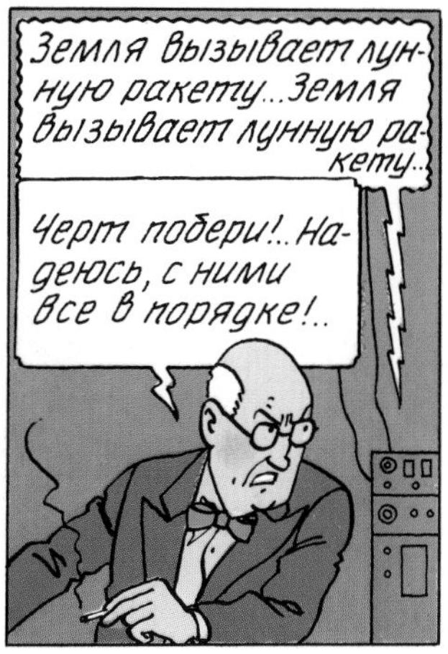
Земля вызывает лунную ракету... Земля вызывает лунную ракету...
Черт побери!.. Надеюсь, с ними все в порядке!..

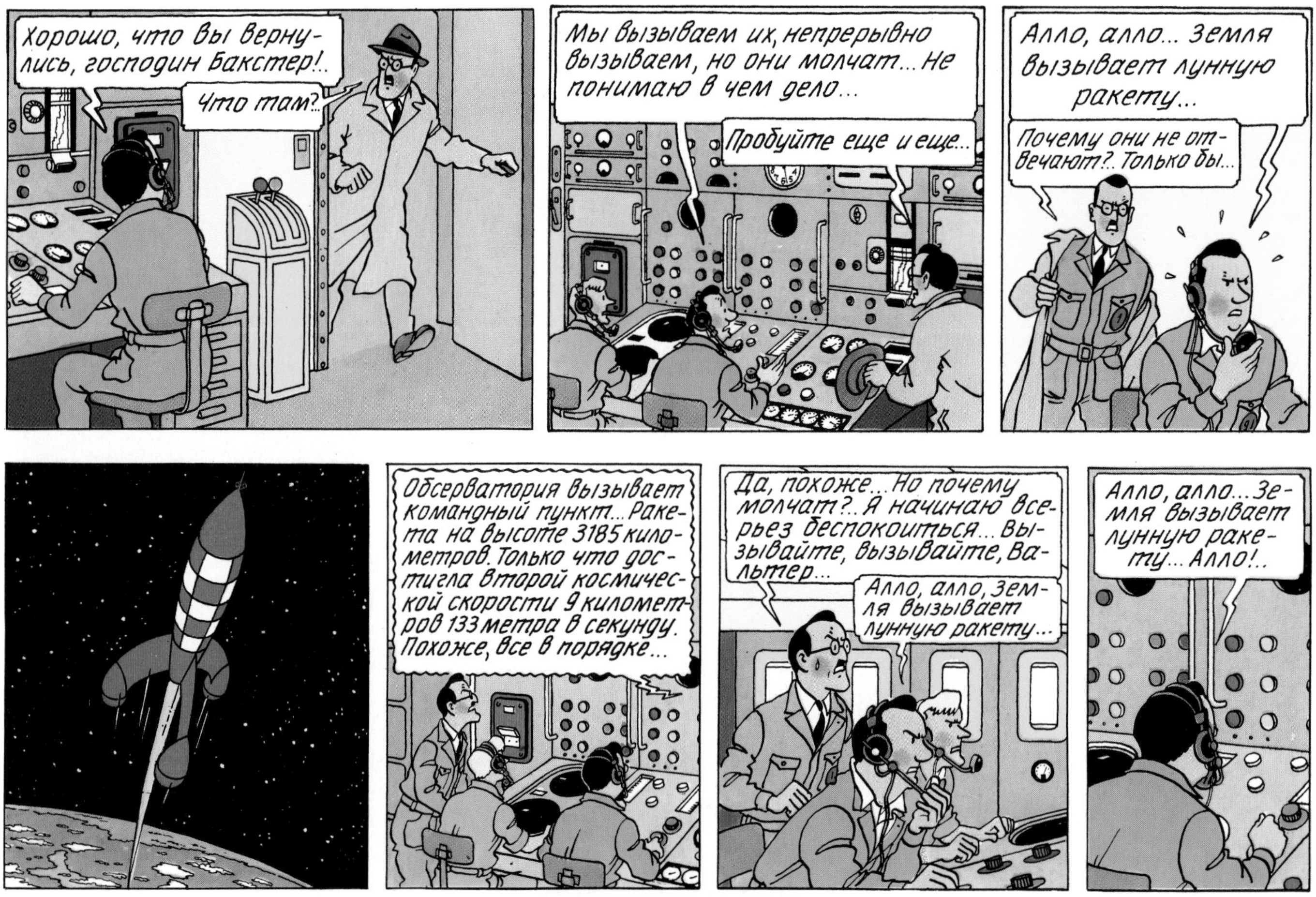
Хорошо, что Вы вернулись, господин Бакстер!..
Что там?..
Мы вызываем их, непрерывно вызываем, но они молчат... Не понимаю в чем дело...
Пробуйте еще и еще...
Алло, алло... Земля вызывает лунную ракету...
Почему они не отвечают?.. Только бы...
Обсерватория вызывает командный пункт... Ракета на высоте 3185 километров. Только что достигла второй космической скорости 9 километров 133 метра в секунду. Похоже, все в порядке...
Да, похоже... Но почему молчат?.. Я начинаю всерьез беспокоиться... Вызывайте, вызывайте, Вальтер...
Алло, алло, Земля вызывает лунную ракету...
Алло, алло... Земля вызывает лунную ракету... Алло!..

Какие
приключения
в космосе
ожидают
героев
фантастического
путешествия
?

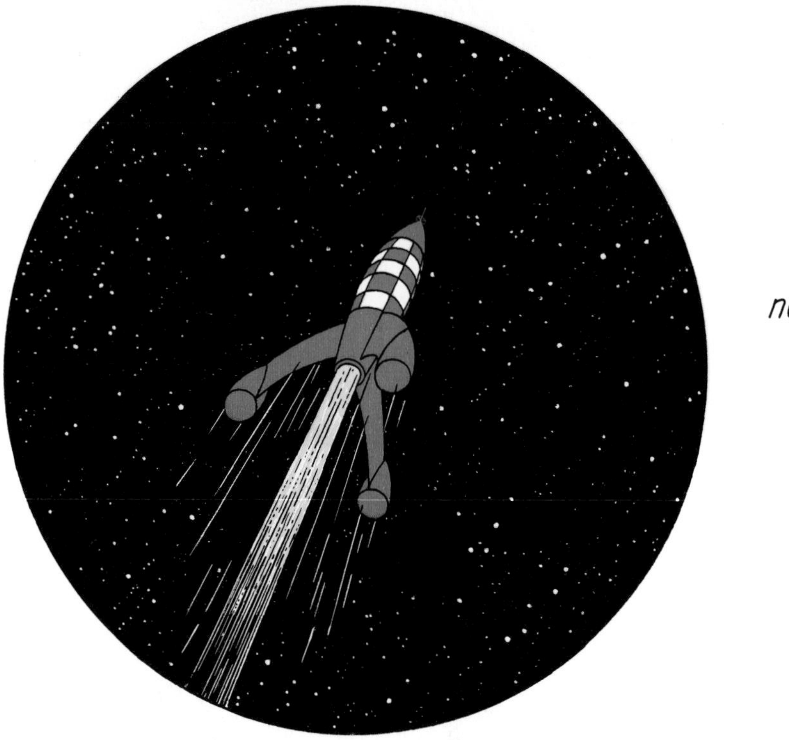

Какие
опасности
подстерегают
Тантана
и его
друзей
на Луне
?

Вернутся ли они на Землю?.. Вы переживете вместе с ними опасные космические приключения, если прочтете

ПЕРВЫЕ ШАГИ ПО ЛУНЕ

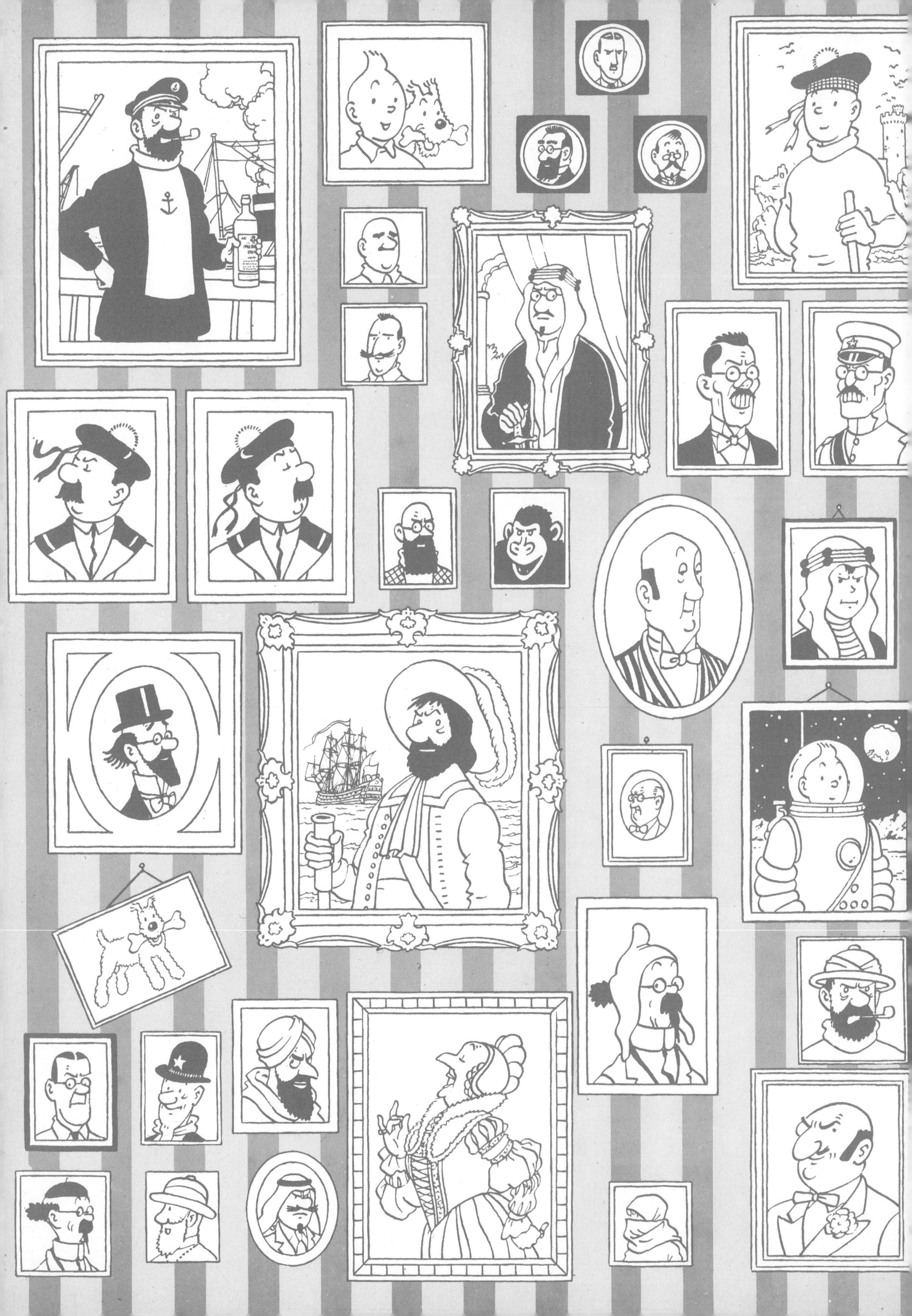